AF292064

Zweites Leben

Eine Novelle

Robert Füllenbach

Rote Ballons

Sie erreichen eine Lichtung und treten aus dem Schatten der Bäume ins Sonnenlicht.

„Warte mal!", sagt Rita, setzt sich auf einen Baumstumpf und nimmt die Trinkflasche aus der Halterung am Gürtel.

Marc stellt sich neben sie. „Ist nicht mehr weit bis zur Pension."

„Ich weiß, brauche trotzdem mal ne Pause."

„Wir könnten auch noch ein paar Tage hierbleiben?"

„Würd ich gerne, aber am Montag machen wir mit dem neuen Album weiter. Ich kann die Jungs beim Texten nicht alleine lassen." Sie legt den Kopf in den Nacken und setzt die Flasche an den Mund, senkt dann aber wieder den Arm.

„Was ist das?"

Marc folgt ihrem Blick. Der Himmel ist bedeckt von roten Punkten, als hätte dort jemand im Abstand von mehreren Metern schwebende Bälle platziert.

„Keine Ahnung", sagt er und zieht sein Smartphone aus der Tasche der Wanderhose.

„Hauptsache der Tourist hat seine Fotos", sagt Rita und lacht.

„Genau. Vielleicht ist es ein Experiment für … keine Ahnung, Wettermessungen?" Er macht einige Bilder.

„Oder es sind Drohnen, die -" Rita hält inne.

Ein heller, vibrierender Ton schallt zu ihnen herab. Die Erscheinungen dehnen sich aus wie Luftballons.

Marc wechselt zur Videofunktion und beginnt zu filmen.

„Lass uns zur Pension", sagt Rita nach einer Weile. „Mir gefällt das nicht."

„Okay." Er steckt sein Smartphone wieder weg.

Sie stehen auf und blicken erneut nach oben. Die roten Ballons sind so groß, dass sie sich fast berühren. Durch die Lücken dringt die Mittagssonne und erzeugt um sie herum ein Muster aus Licht und Schatten.

Rita greift Marcs Hand, sie verlassen die Lichtung.

Nach einer halben Stunde erreichen sie die Pension. In alle Richtungen ist der Himmel von Ballons bedeckt. Das durchscheinende Licht lässt die Umgebung wie von Scheinwerfern beleuchtet wirken.

„Ich mache noch ein paar Bilder", sagt Marc, als sie die Eingangstür erreichen.

„Kannst du auch von drinnen."

„Nicht so richtig, mit dem Vordach."

Rita blickt nach oben. „Na gut, aber bleib nicht lange weg. Das ist kein Wetterexperiment, es macht mir Angst."

„Ich beeile mich, versprochen. Bis gleich." Er gibt ihr einen Kuss und geht zur Rückseite des Hauses.

Pusteblumen

Im Zimmer zieht Rita die Wanderjacke aus und geht zum Fenster. Marc steht an der Grenze zum Wald, vielleicht hundert Meter entfernt. Das junge Paar aus dem

Zimmer nebenan ist bei ihm. Sie unterhalten sich, dann zeigt die zum Himmel.

Rita nimmt ihr Smartphone und sucht den Kontakt ihrer Mutter. Bevor sie das Anrufsymbol berühren kann, wird sie von etwas geblendet. Als hätte jemand direkt vor ihr ein Blitzlicht ausgelöst, begleitet von einem lauten Knall, der alles um sie herum vibrieren lässt. Erschrocken taumelt sie rückwärts, stolpert auf das Doppelbett und hält sich die Hände vor die Augen.

Nach einer Weile wird das Weiß weniger, bis nur noch helle Lichtflecken übrig sind. Blinzelnd öffnet sie die Lider, richtet sich auf und sieht aus dem Fenster. Die Ballons sind verschwunden. Etwas schwebt vom Himmel herab. Zuerst erkennt sie nur kleine Punkte. Als sie sich dem Boden nähern, erinnern sie Rita an Pusteblumen, nur in rot.

Marc und das junge Paar sind genau wie sie hingefallen. Sie stehen auf und blicken nach oben, strecken den Ankömmlingen die Arme entgegen.

Wie schön sie sind, denkt Rita. Dennoch will sie Marc und dem Paar zurufen: *Lauft weg! Kommt zu mir, ins Haus, in Sicherheit!* Aber es ist zu spät. Sie berühren die Ankömmlinge, umschließen sie mit den Händen. Rita atmet erleichtert aus, als für einige Sekunden nichts passiert. Aber dann beginnen sie zu zittern, torkeln hin und her und stürzen auf die Knie, übergeben sich vornübergebeugt.

„Mein Gott", flüstert Rita und hält sich die Hände vor den Mund.

Wenig später fallen die drei zur Seite und winden sich zuckend am Boden. Bis sie still liegen bleiben und etwas passiert, das Ritas Verstand nicht mehr verarbeiten kann. Sie zerlaufen zu einer roten Masse. Nur die Kleidung bleibt zurück.

Rita greift den Vorhang neben sich, findet aber keine Kraft mehr, sich festzuhalten und sinkt auf den Teppich. Auch direkt vor dem Fenster schweben die Pusteblumen, nur wenige Zentimeter entfernt. Von ihrem roten Kern ausgehende Verästelungen wiegen sich im Wind. Sie können mir nichts tun, denkt sie. Ich bin hier drinnen, in Sicherheit. Außerdem sind sie so schön. Dann wird es dunkel.

Ihr Mund ist trocken, sie muss etwas trinken. Hustend richtet sie sich auf. Die Hoffnung, dass alles nur ein Albtraum war, wird durch einen Blick nach draußen zunichte gemacht. In alle Richtungen ist die Luft von den roten Eindringlingen durchsetzt. Von ihrem Freund Marc und dem Paar sind nur noch blutige Pfützen übrig.

Auf allen Vieren kriecht sie zum Bett und greift nach dem Smartphone, das ihr zuvor aus der Hand gerutscht ist. Mit zitternden Fingern entsperrt sie es. Als sie die Kontaktliste auswählt, fällt ihr das durchgestrichene Netzsymbol auf. Stöhnend lässt sie das Gerät los und beginnt zu würgen, als die Bilder von Marc durch ihre Gedanken strömen. Wie etwas auf ihn zu schwebt, er lächelnd danach greift …

Sie drückt sich hoch und schafft es ins Bad, bevor sie sich übergibt.

Schwitzend lehnt sie am Türrahmen und wischt sich mit einem Handtuch übers Gesicht. Sie will sich aufs Bett setzen, da hört sie etwas vom Flur.

„Wo bist du?", ruft eine weibliche Stimme, immer wieder. Bis es nur noch ein kaum zu verstehendes Krächzen ist und in ein Weinen übergeht.

Einen Moment zögert Rita, dann öffnet sie langsam die Tür. Nicht weit entfernt sitzt eine Frau im Flur, die angezogenen Beine mit den Armen umschlungen. Rötliche Locken hängen ihr ins Gesicht. Rita geht zu ihr und lässt sich an der Wand zu Boden sinken. Dann kommen auch ihr die Tränen.

Karen

„Wer sind Sie?", fragt die Frau mit trockener Stimme.

„Rita. Und Sie?"

„Ich muss meinen Mann finden." Schwankend steht die Fremde auf und geht zu einer offenstehenden Tür.

Rita wischt sich mit dem Ärmel ihres Fleecepullovers übers Gesicht, folgt ihr in das Zimmer und stellt sich neben sie ans Fenster. Sie betrachten den Bereich vor der Pension. Auch hier ist eine rote Lache, nicht weit entfernt vom Eingang. Eine Wanderhose und ein Pullover liegen darauf.

Eine Weile schweigen sie, dann flüstert die Frau: „Was machen wir jetzt?"

„Vielleicht kann uns jemand hier rausholen. Haben Sie ein Smartphone?"

„Ja, ich … Moment." Sie geht zu dem kleinen Tisch neben dem Bett, nimmt das Gerät und aktiviert das Display. „Kein Empfang."

„War bei mir genauso", sagt Rita. „Ist sonst niemand hier?"

„Keine Ahnung, mittags sind wahrscheinlich die meisten Gäste unterwegs."

„Wir sollten nachsehen. Wie heißen Sie?"

„Karen."

Die anderen Zimmertüren im Erdgeschoss sind verschlossen. Auch im Empfangsbereich, dem Essensraum und in der Küche finden sie niemanden.

„Der Koch kommt immer erst am späten Nachmittag, glaube ich", sagt Karen „Die Eigentümer waren wahrscheinlich draußen, der Empfang war mittags auch in den letzten Tagen unbesetzt."

Sie gehen zur Treppe, die zur oberen Etage führt.

„Moment." Karen setzt sich auf die Stufen und massiert die Schläfen. „Was passiert hier?"

Rita lehnt sich an die Wand. „Ich weiß es nicht. Am Anfang waren die Ballons noch klein. Ich habe so etwas noch nie gesehen, warum sollte jemand so etwas hier draußen entfesseln?"

„Keine Ahnung", antwortet Karen und steht auf. „Wer weiß, wie es in den Städten aussieht."

Als sie nach oben gehen, hören sie etwas. Eine kindliche Stimme, die ein Lied summt. Sie erreichen den Flur der ersten Etage. Ein Junge sitzt an seinem Ende vor einer geschlossenen Tür.

Langsam gehen sie zu dem Jungen. Er summt weiter und starrt auf den Boden.

„Wo sind deine Eltern?", fragt Rita und kniet sich vor ihn.

„Ich warte hier auf sie", antwortet er und meidet weiter ihren Blick. „Etwas ist passiert, da habe ich sie alleine gelassen."

Karen geht zu dem Zimmer und legt eine Hand an den Knauf.

„Warte!", ruft Rita und bekommt Gänsehaut, als sie an ihren Knöcheln einen

Luftzug spürt, der unter der Tür durchkommt. Sie blickt Karen an und schüttelt leicht den Kopf. „Vielleicht lassen wir deinen Eltern noch etwas Zeit und du kommst erst mal mit uns? Bestimmt finden wir unten was zu essen."

„Ich darf nicht einfach mit Fremden gehen."

„Wir bleiben ja hier in der Pension und gehen nur eine Etage tiefer."

Der Junge sieht auf, erst zu Rita, dann zu Karen. „Gibt es auch Süßigkeiten? Und Eis?"

„Klar!", antwortet Karen. „Da finden wir schon was."

Nach einer Weile zuckt er mit den Schultern, steht auf und greift Ritas Hand.

Sie lächelt ihm zu, gemeinsam gehen sie zurück zur Treppe.

„Hast du hier noch jemanden gesehen?", fragt Karen.

„Nein. Bestimmt sind alle draußen bei den Blumen."

„Vielleicht gibt es hier ein Festnetztelefon", meint Rita, als sie die Lobby betreten. Sie lässt die Hand des Jungen los, der sich daraufhin auf eine gepolsterte Bank neben der gläsernen Eingangstür setzt. Dann geht sie hinter den Empfangstresen. „Hier ist tatsächlich eins!", sagt sie und nimmt den Hörer ab, aber die Leitung ist tot. „Scheiße!"

„Warte mal." Karen betätigt einen Lichtschalter an der Wand. Die Deckenbeleuchtung bleibt aus. „Anscheinend funktioniert nichts mehr."

„Wir müssen hier weg, runter ins Dorf."

„Und wie? Wir können nicht einfach raus und - Hörst du das?"

Von draußen dringt ein Geräusch zu ihnen. Nach einigen Sekunden erkennen sie es als einen Hubschrauber und blicken durch den Eingang nach draußen.

Über dem Wald kommt er in Sicht, deutlich zu erkennen am wolkenlosen Himmel. Die Pusteblumen werden davongeweht, nur um hinter dem Helikopter wieder die Luft auszufüllen. Er fliegt über die Pension hinweg, bis er nicht mehr zu hören ist.

„Was sollte das?" Rita hat die Hände an die Scheibe gedrückt.

„Vielleicht wollen sie wissen, ob diese Dinger überall sind. Lass uns zur Küche gehen."

Sie drehen sich zur Sitzbank, aber der Junge ist nicht mehr da.

„Hey, wo bist du?", ruft Rita und eilt in den Flur, sieht ihn aber auch dort nicht.

„Scheiße!" Nach einem kurzen Blick zu Karen läuft sie zur Treppe.

Oben angekommen bleibt sie stehen und hält sich am Geländer fest. Die Zimmertür, vor der noch vor einigen Minuten der Junge saß, ist geöffnet. In dem Raum dahinter steht ein Fenster offen, der Teppich darunter ist rot getränkt. Pusteblumen schweben durch den Raum und in den Flur, über die dickflüssige Pfütze, die sich dort ausgebreitet hat. Rita will sich den Überresten des Kindes nähern, als könnten sie eine Sinnestäuschung.

„Nicht", sagt Karen und greift sie am Oberarm. „Es ist genauso meine Schuld, aber jetzt müssen wir hier weg."

Die todbringenden Eindringlinge sind nur noch wenige Meter entfernt.

Rita lässt sich mitziehen. „Ich habe ihn noch nicht mal nach seinem Namen gefragt."

„Wohin?", fragt Karen, als sie wieder im Erdgeschoss sind.

„Ist doch egal, es ist eh alles zu spät."

Karen kommt nah an Ritas Gesicht. „Nein, ist es nicht. Reiß dich zusammen, wir können noch immer hier wegkommen."

Rita schließt für einen Moment die Augen und nickt dann.

„Gehen wir zur Küche", schlägt Karen vor. „Wir brauchen was zu essen, dann bringen wir uns in einem unserer Zimmer in Sicherheit."

„Okay. Falls sich jemand dem Haus nähert, können wir uns von dort bemerkbar machen."

„Dann los!"

Nachdem sie aus der Küche Brot, Aufschnitt und zwei Flaschen Wasser geholt haben, eilen sie zu Ritas Zimmer.

Mehrere Pusteblumen sind bereits an der Treppe hinabgeschwebt, aber noch haben sie sich nicht im Flur ausgebreitet.

Als sie drinnen sind, knallt Karen die Tür zu.

„Was jetzt?", fragt Rita, stellt die Lebensmittel auf den Schreibtisch und setzt sich aufs Bett.

„Wir warten und versuchen was zu essen." Sie blickt sich im Zimmer um und sieht die Sachen von Marc. Seine Reisetasche, die Kleidung.

Rita schüttelt kurz den Kopf.

„Tut mir leid!", sagt Karen und nimmt sie in den Arm.

Leuchtende Nacht

Langsam lässt die gleißende Helligkeit nach, bis Rita die Augen öffnen kann. Aber es sind nicht ihre, sondern Marcs. Für diesen Moment ist sie ganz nah bei ihm, als er auf dem Boden sitzt, ihm gegenüber das junge Paar von nebenan. Sie stehen auf, alle drei, und blicken nach oben. Etwas schwebt ihnen entgegen, wie vom Himmel fallende Blüten. Kurz sieht Marc zur Pension, kann aber hinter den Spiegelungen auf den Fenstern nichts erkennen. Fast haben ihn die roten Ankömmlinge erreicht. Er lächelt, dann berührt ihn einer an der Hand. Die Haut beginnt zu schmerzen, zuerst ganz leicht, aber es breitet sich aus, bis er es am ganzen Körper spürt. Es wird stärker, immer stärker, als wäre er in Brennnesseln gefallen. Zitternd sinkt er auf die Knie, würgt und übergibt sich. Bis ihn die Kraft verlässt und er zur Seite fällt. Alles fühlt sich an wie Pudding, denkt er, als würde er zerlaufen. Das junge Paar hat sich zu roten Pfützen aufgelöst. Passiert ihm das Gleiche?, ist sein letzter Gedanke, bevor es dunkel wird.

***

Rita schreckt hoch.

„Alles okay?", fragt Karen. Sie hat den Stuhl des Schreibtischs vor das Fenster geschoben und den Bereich vor der Pension beobachtet, während Rita geschlafen hat.

„Weiß nicht. Ich habe von Marc geträumt", antwortet sie und zeigt nach draußen. „Was ist passiert?"

Der Himmel ist fast schwarz, aber die Umgebung in rotes Licht getaucht.

„Je dunkler es wird, umso heller leuchten die Pusteblumen."

„Vielleicht ist das alles auch nur ein seltsamer Traum." Rita rückt auf dem Doppelbett zurück und lehnt sich ans Kopfende.

„Dann müsste ich das Gleiche träumen. Willst du noch was essen?"

„Im Moment nicht."

Eine Weile blicken sie hinaus. Die Eindringlinge erinnern Rita an Glühwürmchen, nur größer.

„Warum bist du hierhin gekommen?", fragt Karen.

Rita nimmt die Wasserflasche vom Nachttisch und trinkt einen Schluck. „Marc hat mich eingeladen. Er hat eine kleine IT-Firma. Sie ist mittlerweile recht erfolgreich und wir wollten beide mal weg vom Alltag. Vielleicht wollte er auch etwas mit mir besprechen, wir haben in den letzten Wochen darüber nachgedacht, zusammenzuziehen."

Karen senkt den Blick. „Tut mir leid."

„Wo war dein Mann, als es passierte?"

„Auf dem Weg ins Dorf. Er macht gerne lange Spaziergänge und wollte in einen Antiquitätenladen, an dem wir bei unserer Anreise vorbeigefahren sind."

„Vielleicht konnte er sich irgendwo in Sicherheit bringen."

„Ja, wer weiß. Er war noch nicht lange unterwegs. Wahrscheinlich ging er durch den Wald, als es passierte. Kannst du übernehmen?"

„Klar." Rita steht auf und setzt sich auf den Stuhl.

„Sieh nicht zu lange ins Licht, ir brannten schnell die Augen", meint Karen, als sie sich aufs Bett legt.

„Okay."

Rita ist nicht sicher, ob sie geschlafen hat. Sie blickt zu Karen, die auf der Seite liegt und ruhig atmet. Als sie eine Scheibe Brot mit Aufschnitt belegen will, bemerkt sie draußen eine Bewegung. Mit müden Augen versucht sie, zwischen den hell leuchtenden Pusteblumen etwas zu erkennen. Bis sie eine Gestalt ausmacht, die aus dem Wald kommt und über die freie Fläche vor dem Haus geht. Außer einer Jeans und schwarzen Jacke trägt sie Handschuhe und eine Skimaske, darüber eine enganliegende Schutzbrille. Einige Meter vor der Pension bleibt sie stehen und betrachtet das Gebäude.

Instinktiv duckt sich Rita, geht zu Karen und stupst sie an, bis sie die Augen öffnet und sich hektisch umsieht.

„Was ist -"

„Psst!" Rita hält ihr den Zeigefinger an die Lippen. „Draußen ist jemand."

„Kann ..." Karen hustet. „Kann nicht sein, niemand wird -"

„Doch! Er ist komplett verhüllt, mit Maske und Handschuhen."

„Und was macht er?"

„Warte." Rita schleicht zurück zum Fenster, als könnte sie der Fremde sonst draußen hören. „Ich sehe ihn nicht mehr."

Karen steht auf und kommt neben sie. „Das hat noch gefehlt!"

Ein Geräusch dringt zu ihnen.

„War das die Eingangstür?", fragt Rita.

„Kann sein."

Regungslos verharren sie, bis sie jemanden auf dem Flur hören. Klingt wie ein Erkrankter, der beim Ausatmen stöhnt, denkt Rita. Alle paar Meter scheint die Person stehen zu bleiben, bis sie sich in die Richtung entfernt, in der sich der Essensraum und die Küche befinden.

„Wahrscheinlich hat er in die offen stehenden Zimmer gesehen", meint Karen, nachdem sie eine Weile nichts gehört haben.

„Was machen wir jetzt?"

„Am besten ruhig bleiben und warten, bis er wieder geht. Vielleicht sucht er nur was zu essen."

„Hier draußen, mitten in der Nacht?"

„Keine Ahnung! Ist mir auch egal, solange er bald verschwindet."

Rita geht zur Tür und dreht leise den Schlüssel. „Wenigstens wissen wir jetzt, dass wir mit Schutzkleidung nach draußen können."

Sie sitzen auf dem Boden, mit dem Rücken ans Bett gelehnt.

„Wo bleibt er so lange?", überlegt Karen.

„Vielleicht hat er einen anderen Ausgang genommen und ist schon weg."

Wieder blicken sie eine Weile aus dem Fenster in die rot erleuchtete Nacht.

Karen trinkt aus einer Wasserflasche. „Was machst du beruflich?"

„Ich spiele in einer Band", antwortet Rita und lächelt, als sie Karens Blick bemerkt. „Ja, ich kann mittlerweile davon leben, falls du das fragen willst. Hauptsächlich von den Toureinnahmen, auch wenn wir oft in kleinen Schuppen spielen."

„Nicht schlecht! Singst du?"

„Nur bei manchen Songs im Background. Hauptsächlich spiele ich Schlagzeug. Meine Eltern fanden es lange Zeit gar nicht gut, auch dass ich die Schule frühzeitig abgebrochen habe. Aber sie haben es irgendwann akzeptiert und sind dann sogar zu dem ein oder anderen Auftritt gekommen.“

„Und wie heißt eure Band?“

„*The Night Owls*. Wir sind zu viert, die drei Jungs und ich.“

„Vielleicht hätte ich auch einfach das versuchen sollen, was mir Spaß macht.“

„Und das wäre?“ Rita nimmt die Flasche Wasser, die zwischen ihnen steht und nimmt einige Schlücke.

„Ich war früher vom Turmspringen fasziniert. Manchmal lief im Fernsehen ein Wettbewerb. Den Mut zum Sprung aufzubringen, die eleganten Bewegungen in der Luft. Irgendwann haben mich meine Eltern mal zu einem Probetraining gefahren und es hat mir Spaß gemacht, eine Zeitlang war ich dann in einem Verein. Ich war zwar keine Überfliegerin, aber habe es ganz gut hinbekommen, glaube ich.“

„Das ist auf jeden Fall noch cooler, als in einer Band zu spielen. Warum hast du aufgehört?“

„Gute Frage. Im jugendlichen Alter haben mich so viele Sachen interessiert, dass ich nur noch selten beim Training war und irgendwann das Gefühl hatte, immer wieder von vorne anzufangen. Also hab ich es irgendwann drangegeben, aber zumindest habe ich später Sport studiert und bin -“ Karen hält inne und zeigt zum Fenster. „Was ist das?“

Zuerst weiß Rita nicht, was Karen meint, aber dann bemerkt sie den flackernden, gelblichen Schein an den Pusteblumen. Sie steht auf, läuft zum

Fenster und blickt nach rechts. Am hinteren Teil der Pension lodern Flammen in den Himmel.

„Wir müssen hier raus!", ruft Karen hinter ihr.

Rita nickt, bindet sich die schulterlangen schwarzen Haare zusammen und zeigt auf Marcs Reisetasche. „Nimm, was du brauchen kannst, um dich zu schützen." Sie geht zu ihrer eigenen Tasche, holt Handschuhe und einen Schal hervor.

Auch Karen hat Handschuhe gefunden. „Mir fehlt etwas für den Kopf", sagt sie und sucht weiter, bis sie ein längliches Sporthandtuch findet.

Nachdem sie erneut geprüft haben, dass außer ihren Augen alles bedeckt ist, atmet Karen unter dem Handtuch tief durch und öffnet langsam die Zimmertür. Pusteblumen schweben davor, wenn auch nicht so dicht wie draußen. Einer der Eindringlinge prallt von ihrer geschützten Stirn ab, als sie den Flur betritt. Sie blickt in beide Richtungen, sieht aber niemanden und geht zu ihrem Zimmer.

Rita folgt ihr und zieht die Reisetasche hinter sich her. Brandgeruch steigt ihr in die Nase, aber noch kann sie das Feuer nicht sehen. Jedes Mal zuckt sie zusammen und dreht den Kopf, wenn sich eine Pusteblume ihren Augen nähert.

Nachdem Karen ihren Koffer auf Rollen und die Handtasche geholt hat, eilen sie zum Ausgang und verlassen die Pension in die kühle Nachtluft.

Sie erreichen den Geländewagen von Karens Mann und verstauen das Gepäck im Kofferraum. Dann steigen sie ein. Vereinzelte Pusteblumen schweben ins Wageninnere, sie führen die Eindringlinge mit den Handschuhen nach draußen.

Nachdem sie die Türen zugezogen haben, ziehen sie Kopfschutz und Handschuhe aus.

„Gott sei Dank, wir sind hier!", sagt Karen und blickt genau wie Rita zum Haus. Das Feuer breitet sich weiter aus, mittlerweile hat es die Zimmer erreicht, in denen Rita und Karen übernachtet haben. Die Pusteblumen schwirren um die Flammen, als wären sie neugierig, ob sie eine Gefahr für sie sind.

Karen startet den Motor und legt den ersten Gang ein. „Weg hier", sagt sie, aber dann wird ihr die Sicht genommen. Die Eindringlinge bedecken die Scheiben, das ganze Auto, als würden sie von etwas angezogen. Nach einigen Sekunden geht der Wagen aus.

„Scheiße, was passiert hier?", ruft Rita.

Auch nach mehreren Versuchen springt der Wagen nicht wieder an. „Der Strom", sagt Karen. „Diese Dinger vernichten sogar den Strom."

Nachdem sie sich wieder verhüllt haben, steigen sie aus. Karen nimmt einen Rucksack aus dem Kofferraum, in den sie ihre persönlichen Sachen und auf die Schnelle das ein oder andere aus den Reisetaschen packen. Als sie zu dem schmalen Weg eilen, der in den Wald führt, entdecken sie die schwarzgekleidete Gestalt. Sie sitzt einige Meter vor dem brennenden Haus, als bewunderte sie ihr vernichtendes Werk. Die Flammen haben das gesamte Gebäude erfasst. Der Teil, wo Essensraum und Küche waren, ist teilweise eingestürzt.

„Komm", sagt Rita und zieht Karen am Ellbogen.

Sie betreten das Unterholz.

Durch den Wald

Die Pusteblumen schweben nicht nur zwischen den Bäumen und Sträuchern, sie setzen sich auch an ihnen fest. Dunkelrote Linien durchziehen die Rinden, als würden ihre Adern sichtbar.

„Die Bäume sind widerstandsfähiger als wir", sagt Rita, nachdem sie fast eine halbe Stunde unterwegs sind.

„Oder als die Tiere", meint Karen und zeigt auf einen roten Fleck im Gebüsch. Auch er ist von Eindringlingen bedeckt. „Irgendeinen Sinn muss das hier haben."

„Was meinst du?", will Rita wissen.

„Weiß nicht, vielleicht vernichten diese Dinger nicht nur, sondern lassen auch etwas entstehen."

„Es gibt hoffentlich einen Weg, sie unschädlich zu machen, dann müssen wir es nicht rheausfinden."

Herbstlaub raschelt unter ihren Füßen, als sie weitergehen. Nach einigen Minuten biegt vom Wanderpfad ein Weg ab. Ein hölzernes Schild ist dort an einen Baum genagelt, auf dem in weißer Farbe *Hensson. Lars und Anna* steht.

„Wohnt hier jemand, mitten im Wald?", überlegt Rita.

„Gehen wir nachsehen. Vielleicht können wir dort übernachten."

Der Weg führt leicht bergab, bis sie eine Lichtung erreichen, in deren Mitte ein Holzhaus steht. Im oberen Stockwerk ist eine Scheibe zerbrochen, der Raum dahinter wird von Pusteblumen erhellt. Alle anderen Fenster sind dunkel. Vor dem

Anwesen liegen Holzscheite und eine Axt, daneben sind die zerlaufenen Überreste einer weiteren verlorenen Seele.

„Hallo?", ruft Rita mehrmals, aber niemand antwortet.

„Vielleicht sollten wir zurückgehen", meint Karen.

„Lass uns wenigstens nachsehen, ob wir reinkommen." Rita geht zur Eingangstür, aber sie ist verschlossen. Sie folgt der Wand nach rechts und findet auf der Rückseite ein weiteres zerbrochenes Fenster. Die Scheibe ist vollständig zerstört. Dahinter erkennt sie ein kleines Arbeitszimmer.

„Hilf mir", sagt Rita.

„Und wenn noch jemand drinnen ist? Hast du die Axt gesehen?"

„Und? Jemand hat es beim Holzhacken erwischt. Hier draußen sind wir auch nicht sicherer. Ich will von diesen schwebenden Mistdingern weg."

Karen atmet tief durch. „Okay." Sie beugt sich vor und verschränkt die Hände ineinander.

Rita setzt einen Fuß hinein, drückt sich hoch und klettert ins Haus. Dann hilft sie Karen, ebenfalls hineinzukommen. Der kleine Raum ist kaum möbliert, nur ein ein Bücherregal und ein Schreibtisch stehen darin. Bevor Sie die Zimmertür einen Spalt öffnet, wedeln sie und Karen die Pusteblumen Richtung Fenster.

„Alles okay?", fragt Rita.

Karen nickt, dann zwängen sie sich in den Flur und ziehen hinter sich zu. Die Luft ist frei von Eindringlingen, auch die Türen zu den anderen Zimmern sind geschlossen. Sie sehen in die Räume und finden eine Küche, eine Toilette und das Wohnzimmer.

„Wahrscheinlich sind es vor dem Haus die Überreste des Mannes, Lars

Hensson", sagt Karen.

„Und wo ist die Frau?", überlegt Rita.

„Durch das zerstörte Fenster geflohen?"

„Warum sollte sie? Normalerweise benutzen Menschen die Tür."

„Sehen wir oben noch in die anderen Zimmer, dann können wir immer noch

weg." Rita geht zur Treppe und steigt langsam die Stufen hinauf.

Zögernd folgt Karen. Das Holz knarzt unter ihren Schritten. Auch oben sind

keine Pusteblumen. Außer einem großen Badezimmer finden sie eine

Abstellkammer und einen spärlich eingerichteten Raum. Ein schmales Bett und

ein Schrank stehen darin, an einer Wand hängt ein Poster mit einer Weltkarte.

„Hat hier noch jemand gelebt?", fragt Karen.

„Vielleicht war es ein Gästezimmer."

Sie gehen zu dem Zimmer, den sie sich noch nicht angesehen haben.

„Hier muss das zerbrochene Fenster sein", sagt Rita und öffnet die Tür einen

Spalt.

„Sei vorsichtig."

Die Eindringlinge haben sich durch das zersprungene Fenster in dem

Schlafzimmer verteilt. Die helle Tagesdecke auf dem Doppelbett ist rot

durchtränkt.

„Mein Gott!", sagt Rita und macht wieder zu. „Was ist hier passiert?"

„Keine Ahnung. Was machen wir jetzt jetzt?", fragt Karen leise.

„Weiß nicht. Wo ist es schlimmer, hier oder draußen?"

Mit dem Rücken an die Wand gelehnt sitzen sie im Wohnzimmer unter einem Fenster. Vor ihnen steht eine noch verschlossene Packung Blaubeermuffins, die sie in der Küche gefunden haben. Außerdem zwei Flaschen mit Wasser und Apfelsaft.

„Seltsames Haus", sagt Karen. „Hast du hier irgendwelche persönlichen Gegenstände gesehen? Bilder, Fotos, etwas anders als das unbedingt Notwendige?"

„Nein, ich hab aber auch nicht unbedingt darauf geachtet. Hauptsache, wir müssen die Nacht nicht draußen verbringen."

„Mein Mann würde in so einer Situation sagen: Warten wir einfach bis morgen früh, dann sieht die Welt schon wieder besser aus."

Rita sieht Karen an. „Gib die Hoffnung nicht auf, vielleicht finden wir ihn noch."

„Tut mir leid, ich hatte deinen Freund vergessen."

„Schon okay. Wahrscheinlich realisiere ich das alles erst, wenn der Spuk vorbei ist."

Eine Weile schweigen sie und blicken durch das gegenüberliegende Fenster. Rita fühlt sich, als wären sie in einer Schneekugel, die jemand kräftig durchgeschüttelt hat.

„Warum konnte der Hubschrauber fliegen?", fragt Karen.

„Was meinst du?"

„Nirgendwo gibt es Strom, die Energie des Autos wurde von diesen Dingern abgesaugt. Aber trotzdem flog der Helikopter."

„Vielleicht wegen den Rotorblättern.Sie haben die Pusteblumen ferngehalten."

Rita nimmt die Flasche Apfelsaft, trinkt einen Schluck und gibt sie Karen.

„Danke. Vielleicht ist das ein Hoffnungsschimmer!"

„Bestimmt wird von der Regierung oder vom Militär schon alles versucht, diesen Dingern beizukommen."

„Hoffentlich."

Rita kommt von der Toilette zurück und hofft, dass es nicht mehr lange dauert bis zum Sonnenaufgang. Hinter sich schließt sie die Wohnzimmertür und setzt sich auf die Couchhälfte, die nicht von Karen belegt ist. Als sie sich ebenfalls hinlegen will, hört sie ein Klirren, als wäre ein Stück Glas auf den Boden gefallen. Sofort denkt sie an das Fenster in dem kleinen Arbeitszimmer. An die Reste der Scheibe, die noch im oberen Teil des Rahmens stecken.

Sie will Karen wecken, aber hält inne. Eine Tür wird geöffnet und wieder geschlossen. Schritte nähern sich. Rita erkennt das stöhnende Ausatmen des Brandstifters aus der Pension. Langsam geht er zur Treppe und nach oben, dort weiter den Flur entlang. Dann ist es ruhig. Rita stupst Karen an, bis diese hochschreckt.

„Leise", flüstert Rita und hält ihr den Zeigefinger an den Mund. „Jemand ist im Haus, über uns. Ich glaube, es ist der Brandstifter."

Karens Augen weiten sich. Sie blickt nach oben, als könnte sie durch die Decke sehen.

Eine Weile bleibt es still, dann kommt der Einbrecher zurück.

Monoton wie ein Roboter, denkt Rita. Als er am Wohnzimmer vorbeikommt, knistert etwas, als würde jemand Papier falten. Nachdem er erneut eine Tür geöffnet und geschlossen hat, ist es wieder so ruhig im Haus wie vorher. Rita schleicht zum Fenster, stellt sich daneben und blickt am Rahmen vorbei hinaus.

„Sei vorsichtig!", zischt Karen.

Nicht lange und die schwarz gekleidete Gestalt kommt in Sicht und folgt dem Weg zum Wanderpfad. Rita glaubt auch auf die Entfernung zu erkennen, was sie in der Hand hält. Das zusammengefaltete Poster mit der Weltkarte aus dem spärlich eingerichteten Zimmer.

Den Rest der Nacht verbringen sie in der Ecke des Wohnzimmers. Beide mit einem Messer in der Hand, das sie sich aus der Küche geholt haben. Als die ersten Sonnenstrahlen durch die Fenster scheinen, lässt das Leuchten der Pusteblumen nach und hörte schließlich ganz auf.

Sie gehen von Fenster zu Fenster und blicken hinaus, sehen aber niemanden zwischen den schwebenden Eindringlingen. Nachdem sie beide Muffins gegessen und etwas getrunken haben, packen sie die Reste in den Rucksack.

„Bereit?", fragt Rita, als sie sich wieder verhüllt haben.

„Denke schon."

Diesmal verlassen sie das Haus durch die Vordertür. Der Schlüssel steckt von innen. Beide halten ein Messer in der Hand und treten in den sonnigen Morgen.

Corvin

Sie hören den Wind und das Rascheln der Blätter, als sie weiter dem Wanderpfad folgen. Aber keine Geräusche von Vögeln oder anderen Tieren, als wäre ein Teil der Welt ausradiert worden. Die dunkelroten Linien in den Baumrinden haben sich zu Flecken ausgebreitet. Manche Äste sind abgefallen und haben sich wie Staub über den Boden verteilt.

„Ich bin nicht sicher, ob ich wissen möchte, was uns unten erwartet", sagt Karen nach einer Weile. „Was sollte dort anders sein?"

„Vielleicht haben sich die Bewohner in ihren Häusern zusammengetan. Außerdem müssen wir mehr zu essen finden."

Hinter einer Biegung bleibt Karen stehen. Der Weg ist von einer blutigen Lache bedeckt. Darauf liegt eine hellgrüne Jacke und eine schwarze Wanderhose, darunter zwei Wanderschuhe. Der Rest ist bedeckt von Pusteblumen. Sie hält die zitternden Hände vor den Mund und geht langsam näher. Nur wenige Zentimeter vor den Überresten setzt sie sich hin. „Gib mir mein Portemonnaie", sagt sie nach einer Weile.

Rita stellt den Rucksack ab, nimmt Karens Brieftasche heraus und bringt sie ihr. Nachdem Karen ein kleines Foto gefunden hat, auf dem ihr Mann mit Wanderstöcken vor einer Schlucht zu sehen ist, legt sie es auf den Boden. Dann beugt sie sich nach vorne und berührt es mit der verhüllten Stirn.

Langsam geht Rita ein Stück weiter, während Karen Worte flüstert, die nur ihr und ihrem verstorbenen Mann gehören.

„Tut mir leid“, sagt Rita, als sie nach einigen Minuten zu Karen zurückkehrt und ihr eine Hand auf die Schulter legt.

„Ich bin für ihn weitergegangen“, antwortet Karen. „Jetzt habe ich ihn gefunden. Warum sollte ich noch woanders hin?“ Sie berührt das längliche Handtuch, das sie sich als Schutz um den Kopf gewickelt hat.

Rita kniet sich vor sie und zieht ihren Arm nach unten. „Denk an das, was du mir in der Pension gesagt hast. Du musst weitermachen, so schwer es auch ist. Auch ich habe meinen Partner verloren, habe ihn sterben sehen.“

Karen starrt mit glasigem Blick auf den Boden. „Er hatte noch so viel vor.“

„Du wirst deine Zeit zum Trauern bekommen, genau wie ich. Aber nicht jetzt. Wir müssen uns in Sicherheit bringen. Komm.“ Nachdem sie sich wieder aufgerichtet hat, hält sie Karen die Hände hin.

Erst nach einigen Minuten sieht Karen zu ihr auf. „Bleibst du bei mir?“

„Wenn du mit mir kommst.“

Mehrmals streicht sie mit den Fingern über das Foto, dann lässt sie sich von Rita aufhelfen.

Sie treten aus dem Wald, dahinter führt der Weg in Schlangenlinien zum Dorf hinab. Eine Weile betrachten sie es. Die Straßen sind verlassen, bedeckt von roten Pfützen. Eindringlinge kleben an ihnen, als suchten sie auch an den Überresten nach Leben.

„Komm“, sagt Rita. „Bestimmt finden wir jemanden, bei dem wir uns ausruhen können.“

Karen nickt. „Hoffentlich.“

Nach einigen Minuten erreichen sie die ersten Einfamilienhäuser. Niemand ist zu sehen hinter den Scheiben, dennoch fühlen sie sich beobachtet. Auf dem Rasen vor einem weißen Holzhaus liegt ein umgekippter Rasenmäher. Vielleicht ist jemand ins Haus geflüchtet und hat ihn dabei umgestoßen, denkt Rita und geht zu dem breiten Fenster neben der Eingangstür. Dahinter sieht sie ein geräumiges Wohnzimmer. Neben der Couch sitzt ein älterer Mann im Rollstuhl. Als Karen neben sie kommt, betritt eine Frau mit langen grauen Haaren den Raum und zuckt zusammen, als sie Rita und Karen bemerkt. So schnell es ihre alten Beine zulassen eilt sie zum Fenster und zieht den blickdichten Vorhang zu.

„Lass uns weiter“, sagt Karen.

In der Dorfmitte erreichen sie einen Platz. Vor einem Café stehen Tische und Stühle, zwei davon sind rot bedeckt.

Karen stöhnt und hält sich an einem Laternenmast fest.

„Wahrscheinlich müssen wir uns daran gewöhnen. Da vorne ist ein Supermarkt.“ Rita zeigt auf ein Gebäude und geht darauf zu. Die gläserne Eingangstür ist zerbrochen.

„Anscheinend sind wir nicht die Ersten, die etwas zu essen suchen.“

„Dabei werden wohl alle hier noch genug zu Hause haben. Lass uns reingehen.“

Rita tritt durch die zerstörte Tür. Zögernd folgt Karen und nimmt aus dem Kassenbereich eine Papiertüte. Um sie herum schweben Eindringlinge. Die Regale mit Lebensmitteln sind zur Hälfte leer.

„Da war schon jemand fleißig", sagt Rita und packt zwei Brotlaibe, einige Konservendosen und Süßigkeiten in die von Karen aufgehaltene Tüte. Dann nimmt sie eine große Flasche Wasser und verstaut sie im Rucksack. „Das sollte erst mal reichen."

Die Tüte knistert, als sie zum Ausgang gehen. Nachdem sie wieder ins Freie getreten sind, kommt ihnen jemand entgegen. Eine kleine Gestalt in einem grauen Mantel und schwarzen Handschuhen. Zum Schutz des Kopfes hat sie sich einen Verband umgebunden. Mit kleinen Schritten nähert sie sich auf einen Stock gestützt und bleibt vor ihnen stehen.

„Wenn ihr schon meinen Laden ausräumt, könnt ihr mir wenigstens helfen", sagt der Mann mit heiserer Stimme.

Rita und Karen blicken sich kurz an.

„Wer sind Sie?", fragt Rita.

„Der Eigentümer. Corvin. Kommt mit!"

Er geht an ihnen vorbei in den Supermarkt.

Nachdem sie eine weitere Einkaufstüte mit Lebensmitteln und Getränken gefüllt haben, folgen sie Corvin über den Platz und in eine Seitenstraße.

„Ist nicht mehr weit", sagt er.

„Schon okay", antwortet Rita. „Dürfen wir mit reinkommen?"

Er hält an, dreht sich um und betrachtet erst Karen, dann Rita. „Wo kommt ihr her?"

„Wir waren oben in der Pension, als es begann", erklärt Karen. „Unsere Partner sind gestorben und … Wir wissen nicht, wo wir bleiben können."

Eine Weile schweigt Corvin, dann wendet er sich ab und geht weiter. „In Ordnung. Ich habe genügend Platz."

Rita glaubt, Bewegungen hinter den Fenstern zu sehen, während sie den Weg fortsetzen. Als würden die Menschen kurz nach draußen blicken und sich dann wieder verstecken. Am Ende der Straße biegen sie nach links ab, dann hält Corvin vor einem freistehenden Haus mit hellgelben Wänden und einem Dach aus dunklen Ziegeln. Wegen der Windrichtung gehen sie durch den Hintereingang, der in die Küche führt. Sie stellen die Einkaufstüten auf den Tisch und ziehen Kopfschutz und Handschuhe aus. Zigarettenrauch hängt noch in der Luft.

„Tut mir leid, draußen qualmen geht leider nicht. Danke fürs Tragen!", sagt Corvin und streicht sich über die kurzen grauen Haare. „Wird wohl nicht mehr lange dauern, bis mein Laden leergeräumt wurde. Wie wär's mit was zu essen?"

„Hört sich gut an." Rita streift den Rucksack ab und zieht die Jacke aus.

„Könnte ich bei Ihnen duschen?", fragt Karen.

„Klar, noch fließt das Wasser. Allerdings nur noch kalt."

Nach über Teelichtern aufgewärmten Ravioli sitzen sie auf der Couch in Corvins Wohnzimmer. Draußen hat der Wind zugenommen und wirbelt die Eindringlinge umher. Nach einigen Minuten fährt jemand vermummt auf einem Fahrrad vorbei.

„Wo will der denn hin?" Corvin lacht kurz auf.

„Vielleicht ist es in den Städten nicht so schlimm", sagt Karen.

„Die roten Ballons waren bis zum Horizont zu sehen. Bevor sie platzten, funktionierten die Netze noch. Es gab Berichte aus Städten überall auf der Welt."

„Mein Gott!", flüstert Rita. „Sie befallen auch die Vegetation, töten Tiere und wahrscheinlich auch Insekten."

„So sieht's aus", meint Corvin. „Ich habe Nahrung für ein paar Tage, die anderen Einwohner wahrscheinlich auch. Danach dürfte es ungemütlich werden."

„Gibt es eine Möglichkeit, alle an einen Ort zu holen und die Lage zu besprechen?", fragt Karen.

„Genügend Platz hätten wir Im Touristikzentrum, aber die Leute hier sind schon zu normalen Zeiten sture Esel. Ich lebe hier seit über sechzig Jahren und die meisten bleiben eher für sich."

„Einen Versuch wäre es aber wert." Rita steht auf und stellt sich vors Fenster. „Manche brauchen bestimmt auch medizinische Hilfe. Wohnt hier ein Arzt?"

„Ja, ein paar Häuser weiter", antwortet Corvin.

„Dann fangen wir doch bei ihm an."

„Von mir aus! Aber erst qualme ich eine und zeige euch was."

Auf der oberen Etage betreten sie am Ende des Flurs Corvins Arbeitszimmer. Außer Bücherregalen steht hier ein Schreibtisch mit einem Aquarium darauf. Es beinhaltet kein Wasser, sondern einige Pusteblumen, eingesperrt durch eine aufgelegte Glasscheibe.

„Was machen Sie hier?", fragt Rita und geht langsam zu den Eindringlingen, gefolgt von Karen.

„Ich habe versucht, sie mit etwas abzutöten", antwortet Corvin. „Keine Angst, sie können dort nicht raus."

„Und, geht es?" Rita beugt sich vor und betrachtet die schwebenden

Lebensvernichter

„Selbst von starkem Rohrreiniger lassen sie sich nicht beeindrucken. Auch

Feuer vernichtet sie nicht, als hätten sie eine unsichtbare Schutzschicht."

„Also keine Chance? Irgendeine rationale Erklärung muss es doch für all das

geben!", sagt Karen.

„Ich wollte es schon aufgeben, da habe ich eine Möglichkeit gefunden." Corvin

zieht die Handschuhe an, die neben dem Aquarium liegen und nimmt eine lange

Nadel aus einem Etui. Dann dreht er die aufliegende Scheibe ein Stück, so dass

an einer Ecke eine kleine Öffnung entsteht. „Keine Sorge, ich öffne es nicht

weiter." Langsam nähert er sich mit der Nadel einer Pusteblume. Bei den ersten

Berührungen zuckt sie zurück, aber dann lässt sie es zu, als wäre sie selbst

neugierig geworden. Mit feinen Bewegungen streicht Corvin an den winzigen

Verästelungen entlang, bis er den Kern des Eindringlings berührt. Dort verweilt er

einige Sekunden und bewegt dann die Spitze in kreisenden Bewegungen.

„Sie hat Vertrauen gewonnen", meint Rita.

„Glaube ich auch. Jetzt passt auf!" Er zieht die Nadel ein Stück zurück. Die

Pusteblume schwebt hinterher, als würde sie sonst einen Freund verlieren. Dann

sticht Corvin zu. Ein Zischen ist zu hören, als der Kern durchbohrt wird. Kurz

danach zerfließt der Eindringling zu einer roten Flüssigkeit, die sich auf dem

Boden des Aquariums ausbreitet.

„Das gibt's nicht!", ruft Karen.

„Abgefahren! Aber was nun? Sollen wir uns alle mit Nadeln bewaffnen und mit

endloser Geduld diese Dinger bekämpfen?" Rita blickt Corvin an.

„Es ist ein Anfang. Alles beginnt mit einem kleinen Schritt." Er nimmt eine

Packung Zigaretten und ein Feuerzeug aus der Hosentasche und zündet sich

eine an. „Also dann, auf zu Doktor Lewis?"

Karen geht zum Fenster. „Ich habe am Rand des Dorfes eine Kirche und einen

Friedhof gesehen. Können wir zuerst dorthin?"

„Klar", antwortet Corvin und verschließt das Aquarium wieder. „Meine Frau liegt

dort begraben."

Wenige Minuten, nachdem sie Corvins Haus verlassen haben, erreichen die

Kirche. Eine der schweren Holztüren steht offen, im Halbdunkel des

Innenbereichs schweben Pusteblumen. Kurz vor dem Eingang bedeckt eine rote

Lache den Boden.

„Selbst hier sind sie tödlich", sagt Corvin.

Rita hebt einen Fuß und tritt auf einen nahe am Boden schwebenden

Eindringling, spürt ihn aber kaum unter der Sohle. Als sie einen Schritt

zurückgeht, entfaltet er sich wieder und driftet davon. „Als hätte jemand eine

kaum zerstörbare Waffe entwickelt", meint sie.

„Vielleicht erfahren wir irgendwann die Wahrheit." Corvin zuckt mit den

Schultern und geht auf seinen Stock gestützt weiter.

Rita und Karen folgen ihm zum Friedhof. Eine Weile stehen sie nebeneinander

und betrachten, was aus diesem Ort geworden ist. Überall verrichten die

Pusteblumen ihr Werk. Der wahrscheinlich mal gepflegte Rasen ist zu

dunkelrotem Staub zerfallen. Darauf stehen in mehreren Reihen die Gräber,

umgeben von Hecken und Bäumen. Die Blumen vor den Grabsteinen und der

obere Teil der Hecken wurden ebenfalls vernichtet. Kaum ein Baum hat noch

Äste, die Stämme sind vergiftet und verfärbt. Eine junge Buche ist oberhalb der Wurzel zur Seite geknickt.

„Wie lange gibt es noch eine Welt, in der wir leben können?", fragt Rita.

Einige Sekunden schweigen sie, dann zeigt Corvin nach vorne. „Dort ist das Grab meiner Frau."

Nachdem sie dahin gegangen sind, faltet Karen das Kleidungsstück auseinander, das sie mitgenommen hat. „Es war eins der Lieblingshemden meines Mannes", sagt sie und legt es vor sich auf den Boden.

Rita zieht ein Foto aus der Hosentasche, auf dem sie und Marc lächelnd vor einem Riesenrad stehen, die Arme umeinander gelegt. „Jetzt habe ich tausend Dinge in meinen Gedanken und weiß trotzdem nicht, was ich sagen soll." Mit zitternden Fingern platziert sie das Bild unter einem kleinen Stein.

Corvins Blick ist auf den Grabstein seiner Frau gerichtet. „Ihr werdet noch genügend Gelegenheiten haben, in euren Gebeten zu ihnen zu sprechen."

„Wird es irgendwann einfacher?", fragt Karen.

„Ein wenig, wenn ihr den Schmerz als einen Teil von euch akzeptiert."

Rita kniet sich hin, hebt den Stein an und streicht über das Foto, über Marcs Gesicht. „Vielleicht existieren so die Gestorbenen weiter und erinnern uns daran, sie nicht zu vergessen."

Abschied

Auf dem Rückweg bleiben sie vor einem zweistöckigen Backsteinhaus stehen. Neben der Eingangstür ist ein Schild angebracht mit der Aufschrift *Dr. Samuel Lewis. Internist.*

Corvin klopft und ruft mehrmals, aber niemand reagiert. „Ich habe gestern noch mit ihm gesprochen, vielleicht sieht er nach seinen Patienten. Am besten kommen wir später noch mal vorbei."

Als sie weitergehen, treten zwei mit schwarzen Tüchern verhüllte Gestalten aus einer Seitenstraße. Rita schätzt beide auf fast zwei Meter.

„Hey, Corvin!", sagt einer der beiden, nachdem sie zu ihnen gekommen sind.

„Was wollt ihr? Wo ist euer Vater?", antwortet Corvin, geht einen Schritt auf sie zu und blickt ihnen trotz des Größenunterschieds in die Augen.

„Der hatte nicht so viel Glück wie wir."

„Tut mir leid!"

„Warum? Ein Säufer weniger. Dein Laden wurde schon leergeräumt, aber bestimmt hast du zu Hause noch genug zu futtern für zwei hungrige Seelen?"

„Ihr habt schon noch genug, außerdem sind wir zu dritt."

„Wir können uns auch einfach nehmen, was wir brauchen." Der Linksstehende schubst Corvin zurück.

„Versuch es doch." Corvin hebt den Gehstock und hält ihn den beiden abwechselnd unter die Nase.

„Hey!", ruft jemand hinter ihnen. „Wenn wir hier draußen kämpfen, wird es Tote geben. Reicht es noch nicht?“

„Sieh doch mal an, der Doktor ist hier, um zu helfen.“ Eine der beiden großen Gestalten schlägt den Gehstock beiseite.

Fast hätte Corvin ihn fallengelassen.

Dr. Lewis stellt seine Arzttasche ab und tritt nach vorne. Auch er hat seinen Kopf mit einem Verband geschützt, darauf trägt er einen schwarzen Hut „Eure Tücher sind leichter zu lösen als der Verband. Wollt ihr es ausprobieren?“

„Mutiger Spruch für einen alten Mann.“

Einige Sekunden blicken sich die Beteiligten an. Wie vor einem Boxkampf, denkt Rita. Dann treten die beiden in den schwarzen Tüchern zurück, während sie sich etwas zuflüstern.

„Ihr dürft schon mal überlegen, was ihr für uns habt. Bis später.“ Sie drehen sich um und gehen zurück in die Seitenstraße.

„Wer war das?“, fragt Rita.

„Die Reinhold-Zwillinge“, antwortet Corvin. „Sie hatten ihrem Vater nicht viel entgegenzusetzen und lassen es stattdessen gerne an anderen aus.“

„Wir sollten zusammenbleiben.“ Dr. Lewis hebt seine Arzttasche auf und wendet sich an Corvin. „Ich sehe noch nach ein paar Patienten, dann könnte ich zu dir kommen?“

„Klar. Wie ist die Lage im Dorf?“

„Mehr als die Hälfte hat es erwischt, befürchte ich. Die Verbliebenen bunkern sich ein. Sobald die Vorräte zu Ende gehen, weiß ich nicht, was hier passiert.“

„Soviel zu unserem Plan“, meint Karen.

Dr. Lewis blickt sie abwartend an.

„Wir wollten die Leute zusammenholen, damit es nicht zu so etwas kommt."

„Vielleicht kann ich bei meinen Besuchen noch jemanden überreden, mitzukommen. Ich mache mich mal auf den Weg. Bis später."

„Pass auf dich auf", sagt Corvin und geht mit Rita und Karen zurück zu seinem Haus.

Es dämmert, als sie am Küchentisch zu Abend essen. Der dezente Schein der Teelichter wird durch das beginnende Leuchten der Pusteblumen ergänzt, das durch die beiden Fenster scheint.

„Niemand wollte mitkommen?", fragt Corvin und schneidet sich eine Scheibe Brot ab.

„Zumindest eine ältere Patientin habe ich überredet, bei ihrem Nachbarn zu bleiben", antwortet Dr. Lewis. „Sie kennen sich allerdings auch schon lange und vertrauen sich."

„Die Angst, nicht genug zu haben, scheint stärker zu sein als der Wunsch nach Gemeinschaft", sagt Rita und nimmt sich noch etwas von der Tomatensuppe.

Eine Weile essen sie schweigend. Mehrmals blickt Rita zu dem großen Muttermal auf der Wange des Arztes, während Corvin von seinem Erfolg mit der Nadel erzählt.

„Wirklich?", fragt Dr. Lewis. „Das musst du mir zeigen. Oder noch besser anderen. Weiter nördlich ist ein Forschungsinstitut, unter anderem für medizinische Bereiche und Biotechnologien. Ich habe dort mal an einem Projekt mitgearbeitet."

„Vielleicht sollten wir dorthin?", schlägt Karen vor. „Mit den Vorräten kommen wir ohnehin nicht lange aus und -" Ein Klirren und der Aufprall eines harten Gegenstands unterbricht sie.

„Das kam vom Wohnzimmer." Corvin steht auf und eilt aus der Küche, gefolgt von den anderen. .

Kurz danach klirrt es erneut, Scherben prasseln auf den Boden. Die Tür zu dem geräumigen Zimmer steht offen. Eine Scheibe ist zerbrochen, Pusteblumen schweben hinein. Zwei Steine liegen auf dem Parkett. Draußen sehen sie die verhüllten Reinhold-Zwillinge, vor ihnen steht eine Schubkarre mit Steinen.

„Bring dein Futter raus!", ruft einer der beiden. „Ansonsten hat dein Haus bald keine Scheiben mehr."

„Haben Sie eine Waffe?", fragt Rita.

„Nur die Messer in der Küche", antwortet Corvin und schließt das Wohnzimmer.

„Dann holen wir sie, schützen uns und gehen raus zu diesen Spinnern." Rita macht sich auf den Weg, ohne auf eine Antwort zu warten.

„Bereit?", fragt Corvin, nachdem sie sich verhüllt haben.

Mittlerweile wurden drei weitere Fenster zerstört, eins davon im oberen Stockwerk.

„Ja", antwortet Rita. „Los geht's!"

Corvin zieht die Eingangstür auf, sie treten in die beginnende Dunkelheit. Einer der Zwillinge wirft einen Stein, der knapp neben einer Scheibe gegen die Hauswand prallt und zu Boden fällt.

Als sie die Messer vor sich haltend auf die beiden Angreifern zugehen, ruft

Karen: „Was ist das?" und deutet mit der Klinge die Straße entlang.

Gelb-rotes Licht schimmert über den Häusern, Flammen züngeln zum Himmel.

„Scheiße!", sagt Corvin. „Wahrscheinlich die Kirche." Er geht auf die Zwillinge zu, die anderen folgen ihm. „Verpisst euch! Ihr bekommt von mir noch nicht mal was für eure Ärsche."

Die beiden blicken auf die Messer und weichen einige Schritte zurück, dann zeigen sie auf jemanden, der aus der Richtung des Brandes kommt.

Zögernd blicken Rita, Karen und Corvin dorthin. Eine schwarz gekleidete Gestalt kommt auf sie zu. In der linken Hand trägt sie einen Kanister, in der anderen eine Brechstange.

„Der schon wieder." Karen drückt sich an Rita.

Die Zwillinge drehen sich um und laufen davon.

„Zurück ins Haus!", ruft Dr. Lewis.

Gemeinsam eilen sie hinein.

Corvin knallt die Eingangstür zu, als alle drinnen sind.

„Wir müssen hier weg!", sagt Dr. Lewis.

„So schnell gebe ich mein Haus nicht auf." Corvin will sich den Verband vom Kopf wickeln, aber der Arzt hält seine Hand fest.

„Schon jetzt werden Scheiben zerstört und Häuser abgebrannt. Dieser Ort hat es hinter sich."

„Und wo sollen wir hin?", fragt Corvin mit leicht zitternder Stimme.

Dr. Lewis lässt ihn los. „Das Forschungszentrum, gut achtzig Kilometer nördlich. Es ist ein großes Gebäude, Verpflegung haben sie bestimmt genug. Die

Mitarbeiter dort werden bestimmt nach einer Lösung suchen, anstatt sich gegenseitig fertig zu machen. Zeig ihnen, was du entdeckt hast."

„Und wie kommen wir dorthin?", will Rita wissen. „Zu Fuß?"

„Ich habe ein Fahrrad, auch das meiner Frau müsste noch in Ordnung sein." Corvin lehnt sich an die Flurwand.

„Meins könnt ihr auch haben", sagt Dr. Lewis „Und ich müsste noch medizinische Schutzbrillen haben, dann können euch diese Dinger nicht während der Fahrt am Auge erwischen. Nehmt genügend Proviant mit. Auf ungefähr der Hälfte der Strecke liegt eine Kleinstadt, vielleicht könnt ihr dort eine Zeitlang unterkommen."

„Und was ist mit Ihnen?", fragt Karen.

„Mein Platz ist hier. Ich lasse meine Patienten nicht im Stich."

Rita blickt Corvin an und zieht die Augenbrauen hoch. .
Nach einer Weile nickt er. „Dann los. So eine Scheiße!"

Auf einer Anhöhe bremst Corvin ab und kommt zum Stehen. Rita und Karen halten ebenfalls an und betrachten mit ihm das hinter ihnen liegende Dorf. Die Kirche ist fast abgebrannt, von drei anderen Gebäuden lodern Flammen in die beginnende Dunkelheit.

„Tut mir leid", sagt Rita.

„Noch muss nicht alles verloren sein", antwortet Corvin und zieht den Rucksack enger. „Wenn wir das Forschungszentrum erreichen, kann es noch Hoffnung geben. Vielleicht kehre ich irgendwann zurück."

„Alles beginnt mit einem kleinen Schritt", meint Karen.

Corvin lacht kurz auf. „Oder einem Tritt in die Pedale. Also weiter!"

Im Schein der Pusteblumen folgen sie der Landstraße.

Nach Norden

Rita weiß nicht, wie lange sie schon unterwegs sind. Am Himmel schimmert der Halbmond, durch das Licht der Eindringlinge betrachtet wirkt auch er rot. Wieder fühlt sie sich wie in einer Schneekugel gefangen.

„Vielleicht können wir hier übernachten", ruft Corvin, als sie sich einer Tankstelle nähern.

Sie fahren an den Zapfsäulen vorbei, halten vor dem kleinen Gebäude und steigen ab. Fast wäre Corvin dabei hingefallen.

„Warte", sagt Karen und nimmt den Wanderstock, der aus der Seitentasche seines Rucksacks ragt.

„Danke!" Nachdem er ihn auseinandergezogen und fixiert hat, stützt er sich darauf. „Ich fühle mich auf dem Rad fast sicherer als zu Fuß."

Sie gehen hinein. Über der Tür bimmelt eine Glocke.

„Vorsicht!", ruft Rita. Drinnen schwebt eine Pusteblume durch den Raum. Sie nimmt eine Zeitschrift von einem Regal und lenkt den Eindringling damit nach draußen. Dann schließt sie den Eingang und zieht die Schutzkleidung aus.

Karen und Corvin tun es ihr gleich. Nachdem sie die Rucksäcke abgestellt haben, sehen sie sich um.

„Getränke haben wir genug", meint Karen und nimmt eine Flasche

Sprudelwasser aus dem nicht mehr funktionierenden, gläsernen Kühlschrank.

„Süßigkeiten auch." Rita blickt hinter den Bedientresen und springt mit einem kurzen Aufschrei zurück.

Eine junge Frau mit kurzen braunen Haaren steht auf, hält eine Dose Pfefferspray vor sich und lässt den Blick durch den Raum schweifen. „Wo ist sie?", ruft sie mehrmals.

Einige Sekunden antwortet niemand, dann fragt Rita: „Wer?"

Die Frau geht zur Fensterfront. „Habt ihr sie rausgelassen?"

„Die Pusteblume?" Karen sieht fragend zu Rita und Corvin.

„Wie soll ich sie wiederfinden?", schreit die Frau plötzlich, so laut, dass die anderen zusammenzucken.

„Warum war sie hier drinnen?", will Rita wissen. „Eine Art Russisch Roulette, oder was sollte das?"

„Sie hätte mir nichts getan. Nur schlechte Menschen werden bestraft." Mit glasigem Blick bleibt sie vor der Scheibe stehen.

„Was dagegen, wenn wir bis morgen früh hier bleiben?" Corvin legt den Wanderstock auf den Boden, setzt sich stöhnend mit dem Rücken an die Wand gegenüber dem Eingang gelehnt.

Als die Frau nicht antwortet, nimmt Rita einige belegte, verpackte Brötchen aus dem Kühlbereich und setzt sich mit Karen neben Corvin. Sie beginnen zu essen und beobachten dabei die junge Frau.

Erneut wandert Ritas Bewusstsein zurück zur Oberfläche. Als würde sie sich nicht trauen, einzuschlafen. Auch mit geschlossenen Augen nimmt sie den roten

Schein der Eindringlinge wahr. Aber diesmal ist er anders. Heller. Näher. Sie öffnet die Lider und zuckt zusammen. Eine Pusteblume schwebt auf Karen und Corvin zu, die rechts von ihr sitzen.

„Passt auf!", schreit Rita so laut sie kann.

Karen schreckt hoch und sieht sich verschlafen um. Der Eindringling nähert sich ihrer Stirn. Sie lässt sich nach links fallen, fast hätte eine ihrer rötlichen Locken die Pusteblume gestreift.

Der Eindringling prallt von der Wand ab und schwebt Corvins Gesicht entgegen. Karen ruft seinen Namen und stößt ihn mit dem Fuß an. Mit einem grunzenden Einatmen neigt er sich zur Seite, öffnet ruckartig die Augen und setzt sich wieder auf.

„Nein!", krächzt Rita, als die Pusteblume Corvins Schläfe streift. Instinktiv greift er sich an die Stelle.

„Was ist passiert? Wo bin -"

Er sieht zu Rita und Karen, wie ein Kind, das nicht weiß, was passiert. Für einige Sekunden halten alle die Luft an. Dann hält sich Corvin die Hände an den Bauch und beginnt zu zittern. Mit aufgerissenen Augen zuckt sein Kopf hin und her. Würgend läuft ihm Erbrochenes aus dem Mund, während sich dunkelrote Linien über seine Haut ausbreiten. Hände und Gesicht glühen wie verbrannte Wunden, immer heller, bevor sie zu einer dickflüssigen Masse zerlaufen.

Rita und Karen drücken sich mit den Füßen zurück, unfähig, den Blick von dem abzuwenden, was bis vor einigen Sekunden ihr Freund Corvin war.

Karen beginnt zu weinen.

Rita umarmt sie, versucht ihr Zittern und das von Karen zu beruhigen. Aus dem Augenwinkel sieht sie die junge Frau hinter dem Bedientresen stehen. Die Pusteblume schwebt nahe der Eingangstür.

„Ich bin nicht sicher, ob es die selbe ist", sagt die Frau mit ruhiger Stimme.

Eine Weile schließt Rita die Lider, dann steht sie auf und geht zu ihr. „Bist du wahnsinnig?", schreit sie, packt die Fremde am Kragen der Fleecejacke und zieht sie zu sich.

Der Arm der Frau schnellt hoch, sie hält Rita das Pfefferspray vors Gesicht. „Ihr hattet kein Recht, hier reinzukommen. Dieser Raum gehört mir und meiner Freundin."

Karen erhebt sich und legt eine Hand auf Ritas Schulter. „Komm", sagt sie und reicht Rita den Schal und die Brille.

Zögernd tritt Rita einen Schritt zurück und legt genau wie Karen die Schutzkleidung an. Dann nimmt sie ihren Rucksack und Karen den von Corvin. Als sie nach draußen gehen, hält Rita die Tür auf und wedelt die Eindringlinge herein.

Sie stehen vor den Fenstern und betrachten das Innere des Tankstellengebäudes. Die junge Frau ist in die Mitte des Raums gegangen und dreht sich mit zur Seite ausgestreckten Armen um die eigene Achse. Die Pusteblumen schweben ihr entgegen.

„So sollten wir nicht werden", sagt Karen.

„Vielleicht müssen wir es, um zu überleben." Erst als die Frau zitternd zusammenbricht, wendet Rita sich ab.

Nach einer halben Stunde sehen sie am Straßenrand einen Kleinbus. Einige Meter davor bedeckt ein roter Fleck den Asphalt. Rita und Karen halten an, steigen ab und lehnen die Fahrräder an den Kofferraum.

Die Fahrertür steht offen. Sie stellen die Rucksäcke auf die Rückbank, wedeln die Eindringlinge heraus und setzen sich nach vorne.

„Warum bleiben wir nicht einfach hier?", fragt Karen nach einigen Minuten.

Rita blickt nach vorne, die Straße entlang, die im roten Schein der Pusteblumen ins Ungewisse führt. „Wir schulden es den Verstorbenen, weiterzumachen. Deinem Mann, Marc, Corvin."

„Womit machen wir weiter?" Karens Stimme zittert. „Solange durch diese sterbende Welt fahren, bis auch wir dran sind?"

„Das sind wir auf jeden Fall, wenn wir aufgeben. Denk an Corvins Entdeckung, das Forschungszentrum kann eine Chance sein. Außerdem schaffe ich es nicht alleine."

Für einen Moment sieht Karen Rita an, dann greift sie nach hinten und nimmt Corvins Rucksack. Sie stellt ihn vor sich in den Fußbereich, zieht eine Karte heraus und entfaltet sie auf den Beinen. Nach einer Weile findet sie die Landstraße, auf der sie sich befinden.

„Die Kleinstadt ist noch ungefähr zwanzig Kilometer entfernt." Mit dem Zeigefinger deutet sie auf eine Stelle mit der Beschriftung *Lerchtal*, dann führt sie ihn nach oben. „Danach sind es noch knapp vierzig bis zu der Station. Das hier muss sie sein, sonst gibt es auf diese Entfernung nichts."

„Okay." Rita greift Karens Hand. „Wir schaffen das."

Kurz nach Sonnenaufgang richten Rita und Karen sich auf und blicken hinaus. Die Felder und Bäume neben der Landstraße wurden vollständig zu rotem Staub zersetzt.

„Mein Gott", sagt Rita mit trockener Stimme. „Als wären wir auf dem Mars."

„Was ist das?" Karen deutet nach vorne auf die von Pusteblumen bedeckte Blutlache.

Mehrere Stängel ragen daraus hervor, als würden die menschlichen Überreste von den Eindringlingen als Nährboden genutzt.

„Ich bin nicht sicher, ob ich das wissen will", antwortet Rita. „Wir sollten weiter."

„Okay, aber zuerst essen und trinken wir was."

Musik

Sie passieren ein Schild mit der Aufschrift *Lerchtal*. Dahinter fällt die Straße ab und die Kleinstadt kommt in Sicht. Rita und Karen halten an. Im Zentrum sehen sie einige größere Gebäude. Die Häuser drumherum wirken auf Rita kaum anders als in dem Dorf, in dem sie Corvin kennengelernt hat.

„Ein paar Einwohner mehr und schon ist es eine Kleinstadt", meint Karen.

„Dachte ich auch gerade." Rita betrachtet die Flächen aus rotem Staub neben dem Ort. „Wie lange werden wir noch atmen können, ohne Bäume und

Pflanzen?“

„Keine Ahnung. Am besten denken wir nicht drüber nach. Komm.“

Sie fahren weiter und nähern sich den ersten Häusern. Am Straßenrand steht eine Werbetafel für eine Kurklinik. Als sie durch die Straßen fahren und sich dem Stadtzentrum nähern, hören sie Gitarrenmusik. Kurz danach erreichen sie ein zweistöckiges Gebäude. Zwischen den Fenstern der ersten und zweiten Etage steht in blauen Buchstaben *Pauls MusicStore*. Vor der Eingangstür sitzt jemand auf einem Klappstuhl, den Kopf durch ein Fleecetuch geschützt, darauf ein Cappy.

Rita glaubt das Lied *Dream On* zu erkennen. „Lass uns zu ihm“, sagt sie, als sie anhalten.

„Bist du sicher? Traust du noch jemandem nach der Tankstelle?“

„Nicht alle sind verrückt und wir können jede Hilfe brauchen. Außerdem vertraue ich Musikern eher als anderen.“

Sie steigen ab und schieben die Fahrräder neben sich. Der Gitarrenspieler unterbricht sein Spiel und blickt zu ihnen. Hinter dem schmalen Schlitz des Kopfschutzes sieht Rita seine grünen Augen. Eine Weile betrachten sie sich schweigend, dann sagt Rita: „Kannst du uns helfen?“

„Weiß nicht“, antwortet er. „Was kann hier noch helfen?“

„Etwas zu essen wäre gut.“ Karen lehnt ihr Rad an einen Laternenmast, dann greift sie Ritas und schiebt es daneben.

„Drinnen liegt mein restlicher Vorrat an Waffeln und Muffins, hinten durch auf dem Schreibtisch. Aber passt auf, dass diese Dinger draußen bleiben.“

„Machen wir. Danke!“ Rita geht zur Eingangstür und dreht sich noch mal um.

„Darf ich mir die Instrumente ansehen?“

„Klar! Wer sollte sie noch kaufen?“

Nachdem sie die Pusteblumen hinausgewedelt haben, schließen sie die Tür und ziehen die Schutzkleidung aus.

„In solchen Läden kann ich Stunden verbringen“, sagt Rita und betrachtet die Musikinstrumente.

Neben einem Klavier und mehreren Gitarren steht in der Ecke ein Schlagzeug. Sie geht dorthin, setzt sich auf den Hocker und nimmt die auf dem Boden liegenden Sticks.

„Als Studentin war ich in Karaokebars der Schreck des Publikums.“ Karen greift sich das Mikrofon, das auf dem an der Rückwand stehenden Schreibtisch neben zwei Packungen mit Waffeln und Muffins liegt. „Hat mich aber nicht abgehalten, ganz im Gegenteil.“

„Na dann, lass mal was hören!“, ruft Rita und beginnt mit dem Rhythmus von *Billy Jean*.

Kurz danach beginnt Karen zu singen. Bei der Hälfte des Liedes kommt der Mann herein, stößt die ihm folgenden Eindringlinge hinaus und stimmt mit seiner Gitarre ein.

„Coole Sache“, sagt er, als sie fertig sind. Dann stellt er sein Instrument ab und entfernt den Kopfschutz. Die kurzen blonden Haare darunter stehen in alle Richtungen ab. „Wer seid ihr?“, will er wissen.

„Ich bin Rita, diese begnadete Sängerin heißt Karen. Und du bist wahrscheinlich Paul?"

„So ist es."

„Warum hast du draußen gespielt?", fragt Karen.

„Was sollte ich sonst machen, um noch andere Menschen zu treffen? Kaum jemand traut sich raus oder lässt jemanden rein. Also dachte ich, ich versuche die Leute mit Musik anzulocken. Wo wollt ihr hin?"

„Ungefähr vierzig Kilometer nördlich soll ein Forschungszentrum sein. Kennst du es?" Rita legt die Sticks ab und wischt sich mit dem Ärmel über die Stirn.

„Ich war nie dort, aber zur Schulzeit gab es einige, die später dort arbeiten wollten."

„Ein verstorbener Freund hat eine Entdeckung gemacht, wie diese Dinger mit Geduld und einer Nadel vernichtet werden können. Vielleicht können sie dort etwas damit anfangen", erklärt Karen und nimmt eine der Muffin-Packungen. „Darf ich?"

„Klar", antwortet Paul. „Habt ihr das mit der Nadel selbst gesehen?"

„Ja, nur würden wir auf diese Weise ewig brauchen, um alle zu vernichten. Aber zumindest wissen wir, dass sie zerstört werden können." Rita geht zu Karen und nimmt sich ebenfalls etwas zu essen.

„Scheiße!" Karen zeigt nach draußen. „Der schon wieder."

Paul und Rita folgen ihrem Blick. Eine schwarz verhüllte Gestalt hält mit einem Fahrrad auf der anderen Straßenseite und blickt in ihre Richtung. Auf einem Anhänger stehen mehrere Kanister.

„Kennt ihr ihn?", fragt Paul.

„Ja", antwortet Rita. „Der Brandstifter."

„Ob er uns sieht?", überlegt Karen.

„Glaube nicht. Wahrscheinlich wundert er sich über die Fahrräder", meint Paul.

Eine Weile blickt sich der Fremde um, dann fährt er weiter. Am Ende der Straße biegt er nach links Richtung Zentrum ab.

„Vielleicht verfolgt er uns", sagt Rita.

„Warum sollte er?" Karen setzt sich auf den Stuhl hinter dem Schreibtisch.

„Was hat er angezündet?"

„Zuerst die Pension, in der wir übernachtet haben. Dann mehrere Häuser in einem Dorf. Was machen wir jetzt?" Rita beißt in den Muffin und lehnt sich an die Eingangstür.

„Auf jeden Fall ihm aus dem Weg gehen. Was dagegen, wenn ich mit euch zu dem Forschungszentrum komme?"

Karen und Rita sehen sich kurz an, dann sagt Rita: „Nein, aber ich glaube nicht, dass ich das heute noch schaffe. Ich war noch nie sonderlich sportlich und ich will auf keinen Fall nochmal irgendwo auf dem Weg übernachten."

„Was ist mit der Kurklinik?", fragt Karen. „Von dem Werbeschild? Bestimmt finden wir dort Verpflegung und bequeme Betten."

„Könnte ein Versuch wert sein", antwortet Paul. „Sie liegt am anderen Ende der Stadt, dahinter war bis vor zwei Tagen ein Wald."

Auch Paul hat einige Sachen in einen Rucksack gepackt und fährt auf seinem Mountainbike neben Rita und Karen. Im Zentrum passieren sie das mehrstöckige Gebäude einer Bank.

Was die Angestellten jetzt wohl machen?, fragt sich Rita. Ist alles dahin, was in

Unternehmen über viele Jahre hinweg aufgebaut wurde? Existiert so etwas wie Geld noch, wenn nirgendwo mehr der Strom funktioniert?

Nach einer Viertelstunde erreichen sie die Klinik. Der Eingangsbereich ist wie ein gläserner Pavillon gestaltet. Dahinter ragt ein weißes Gebäude mit fünf Etagen empor, über den Balkonen sind türkisfarbene Markisen angebracht. Sie steigen ab, stellen die Räder an einen Fahrradständer und gehen zum Eingang. Die Schiebetüren sind zu und lassen sich nicht aufziehen. Während sie der Außenwand folgen, prüfen sie die Fenster. Alle sind noch intakt und geschlossen.

Erst auf der Rückseite finden sie einen Zugang. Umgeben von einer Hecke ist ein kleines Außenbecken mit einer Liegewiese, die sich zu rötlichem Staub aufgelöst hat. Einige der Liegen sind mit zerlaufenen menschlichen Überresten und Pusteblumen bedeckt. Auch hier wachsen daraus Stängel hervor. Mittlerweile sind sie fast einen halben Meter hoch und durchsetzt von grünen Punkten, als wollten die Eindringlinge etwas Pflanzenähnliches erschaffen. Aus den pulverartigen Überresten des Rasens kommen sie ebenfalls hervor, wenn auch erst wenige Zentimeter.

Rita nähert sich einem der fremden Gewächse und stößt es mit dem Handschuh an. Es bewegt sich kaum, als wäre es aus Hartgummi.

„Sei vorsichtig!“, sagt Karen.

Paul findet in der gläsernen Rückwand des Gebäudes eine angelehnte Tür und zieht sie auf. „Kommt!“, ruft er „Hier können wir rein.“

In der Klinik

Drinnen ist ein größeres Becken, das Wasser rot gefärbt. Auf manchen der darum aufgestellten Liegen befinden sich Handtücher, aber niemand ist zu sehen. Vereinzelte Pusteblumen schweben durch die Luft. Am Ende des Erholungsraums entdecken sie eine Tür und gehen hindurch in einen breiten Flur. Einige der Räume links und rechts stehen offen, dahinter erkennen sie Massageliegen, Gymnastikmatten und einen Raum mit Krafttrainingsgeräten. Bis sie einen weiteren Durchgang erreichen und den Eingangsbereich betreten.

Sie blicken sich um und nehmen die Schutzkleidung ab, als keine Eindringlinge zu sehen sind. Neben dem Empfangstresen steht eine weiße Tafel, darauf ist der Aufbau der Klinik beschrieben. Auf der ersten Etage sind unter anderem Küche und Kantine. Die Unterkünfte der Patienten befinden sich in den oberen Stockwerken.

„Zuerst zur Kantine?", fragt Rita.

Karen und Paul nicken, gemeinsam folgen sie der geschwungenen Treppe nach oben.

Eine Etage höher angekommen folgen sie dem Flur und finden an seinem Ende den Essensraum. Der Zugang ist wie ein kleiner Torbogen geformt. Sie bleiben stehen und betrachten die fast dreißig Leute, die auf Holzstühlen oder dem Boden sitzen. Dabei entweder starr vor sich hin oder aus einem Fenster blicken. Die meisten schätzt Rita auf über fünfzig, aber es sind auch jüngere dabei, manche in der weißen Kleidung des Personals.

Sie geht zu einem älteren Mann, der alleine an einem Tisch sitzt. Ein wenig erinnert er sie an Corvin. Ihr fällt nichts ein, was sie sagen könnte oder möchte. Nachdem er ihr kurz zugenickt hat, legt sie den Rucksack ab und setzt sich zu ihm. Kurz danach kommen Karen und Paul dazu.

Nachdem sie fast eine Stunde in der Kantine gesessen haben, genauso stumm und erschöpft wie die anderen, holen sie aus der Küche zwei Flaschen Wasser und gehen weiter nach oben. Auf der dritten Etage finden sie im Büro der Stationsschwester an einem Wandbrett die Schlüssel zu zwei Zimmern nebeneinander. Einige Meter den Flur entlang erreichen sie die Räume.

„Ich komme gleich zu euch", sagt Paul und schließt hinter sich die Tür.

Rita und Karen betreten ihr Zimmer und stellen die Rucksäcke neben das Doppelbett. Karen öffnet den von Corvin und legt die wenigen Anziehsachen darin auf einen der beiden gepolsterten Stühle. Dann nimmt sie die Konservendosen und den Öffner heraus und stellt sie auf den kleinen Holztisch, der zwischen den Stühlen steht.

„Wie wär's mit *Baked Beans*?", fragt Rita. Auch sie kann den Blick nicht von Corvins Sachen abwenden.

„Warum nicht? Wahrscheinlich schmeckt mir eh alles gleich."

Rita greift kurz Karens Hand, dann geht sie zum Tisch und nimmt den Dosenöffner.

Nach einigen Minuten kommt Paul herein. Er setzt sich zu Rita und Karen auf den Boden und stellt die beiden Wasserflaschen ab. Vor ihnen sind zwei geöffnete Dosen *Baked Beans*.

„Moment." Karen nimmt aus Corvins Rucksack drei in ein Tuch gewickelte Löffel und gibt jeweils einen an Rita und Paul.

„Zum Nachtisch gibt es Schokolade", sagt Rita.

„Fantastisch! Endlich mal wieder ein Zwei-Gänge-Menu", meint Paul und lächelt. „Unten auf der Tafel stand etwas von einem Musikraum."

Rita blickt ihn an. „Ja, hab ich auch gesehen, lass uns da später mal hin!"

„Corvin sollte hier sein", sagt Karen und blickt zu seinen Sachen. „Warum haben wir nicht besser aufgepasst?"

„Was ist passiert?", fragt Paul.

„Wir haben in einer Tankstelle übernachtet. Eine Frau war dort, sie hat nachts eine Pusteblume reingelassen. Unser Freund Corvin … wurde berührt und starb."

„Tut mir leid! Und die Frau?"

„Hatte das gleiche Schicksal", antwortet Rita.

Paul blickt zwischen Rita und Karen hin und her. Dann essen sie schweigend.

Rita erwacht nach einigen Stunden Schlaf. Neben ihr liegt Karen, ihre geschlossenen Augenlider zucken. Leise steht Rita auf, geht zum Fenster und zieht den Vorgang beiseite. In der Dämmerung hat das Leuchten der Pusteblumen begonnen. Als sie nach unten blickt, stützt sie sich an der Scheibe ab. Die Gewächse auf den von Eindringlingen bedeckten menschlichen

Überresten sind auf gut zwei Meter angewachsen. Im oberen Bereich gehen sie auseinander, verzweigen sich wie ein Geweih. Auch sie schimmern rötlich.

„Hey", sagt Karen hinter ihr. „Alles okay?"

„Weiß nicht. Sieh es dir am besten selbst an."

Karen gähnt und kommt zu ihr. „Mein Gott. Erschaffen sie ihr eigenes Leben?"

„Sieht so aus. Anscheinend mussten sie dafür erst unseres vernichten."

„Noch sind wir hier."

„Ja." Rita greift Karens Hand.

Sie sehen schweigend hinaus, bis es an der Tür klopft.

Paul kommt rein und stellt sich neben sie. „Ich möchte nicht wissen, wie es morgen früh draußen aussehen. Lasst uns zum Musikraum, ich hab eine Idee."

Nachdem sie eine Gitarre und zwei Handtrommeln gefunden haben, gehen sie zur Kantine. Einige Patienten sind anscheinend auf ihre Zimmer gegangen, aber noch immer sind mehr als zwanzig da. Als könnten sie durch stilles Beisammensein die Gefahr von sich fern halten. Auf manchen Tischen brennen Teelichter. Rita, Karen und Paul setzen sich an den Rand des Raums.

„Wie wär's mit *Imagine*?", fragt Paul.

„Okay, sollte gehen." Rita stellt die Trommeln auf die Tischplatte.

Paul sucht die richtigen Fingerpositionen und beginnt zu spielen. Kurz danach fügt Rita einen stetigen Rhythmus hinzu und Karen singt die ersten Zeilen:

Imagine there's no heaven

It's easy if you try

No hell below us

Above us only sky.

Für Rita entwickelt sich alles wie in Zeitlupe. Die Anwesenden blicken auf und sehen sich im Raum um. Als hätten sie vergessen, wo sie sind, vielleicht auch wer sie sind. Dann wenden sie sich der Musik zu, bewegen sich auf den Stühlen hin und her. Manche lächeln mit glasigen Augen.

Rita bekommt Gänsehaut. Etwas geschieht. Ein Zusammenhalt entsteht, die Melodie verbindet die Menschen wie ein unsichtbares Band. Dann spielt Paul die letzten Klänge und Karen singt den Abschluss.

And the world will live as one.

Danach ist es so still, dass Rita sich kaum traut zu atmen. Bis einige anfangen zu weinen, andere klatschen oder sprechen zu jemandem neben sich.

„Macht weiter", sagt eine ältere Frau nach einer Weile.

„Okay. Dann mal etwas von Pink Floyd." Paul lächelt und spielt *Comfortably Numb.*

***

Sie *legt die Flugtickets auf ihren Beinen ab.*

„Begeisterung sieht anders aus", sagt Marc.

„Tut mir leid!" Rita lehnt sich auf der Bank zur Seite und gibt ihm einen Kuss auf die Wange. „Mir geht nur im Moment so viel durch den Kopf. Die ganzen Ideen für neue Songs und so."

„Vielleicht tut es auch dir gut, mal ein wenig rauszukommen."

„Wahrscheinlich. Geht es denn bei dir mit der Arbeit?"

Marc zuckt mit den Schultern. „Denke schon. Im Moment läuft es gut, es wird auch ein paar Tage ohne mich nicht alles zusammenbrechen."

„Okay, dann suche ich gleich schon mal meine Wandersachen raus und -" Rita hält inne. Auf der anderen Seite des Parkweges steht ein Mülleimer. Etwas läuft unten aus einem Spalt, rot und dickflüssig. „Was ist das?", flüstert sie.

„Warum bist du zu diesem Moment zurückgekommen?", fragt Marc und beginnt zu zittern „Du kannst nicht mehr ändern, was mir geschehen ist. Wir haben die Reise schon gemacht."

Die Umgebung verändert sich, bis sie auf einer Bank in einer von Glas umgebenen Halle sitzen. Zwei Meter vor ihnen stehen einige größere Pflanzen.

„Ist noch ein Leben möglich in dieser Welt?", fragt Rita.

„Du bist noch da, also ist noch nicht alles verloren. Aber du musst aufpassen! Jemand ist hier."

Als Rita Marcs Hand halten will, greift sie ins Leere.

***

Blinzelnd öffnet Rita die Augen und sieht sich um. Sie erkennt die Eingangshalle der Kurklinik. Hinter den Scheiben schweben leuchtende Pusteblumen durch die Nacht. Ist sie schlafgewandelt?, fragt sie sich. Hat Marc sie in einem Traum hierhin geführt? Als sie aufstehen will, bemerkt sie jemanden.

Eine schwarz gekleidete Gestalt kommt durch eine Tür gegenüber dem Haupteingang. In der linken Hand hält sie ein Brecheisen. Als sie die Mitte der Halle erreicht hat, legt sie es auf den Boden. Dann öffnet sie den Kanister in der anderen Hand und verschüttet den Inhalt auf den Teppichboden, über Stühle und Empfangstresen.

Der beißende Geruch von Benzin dringt Rita in die Nase. In gebückter Haltung erhebt sie sich und wartet, bis der Einbrecher mit dem Rücken zu ihr steht. Leise schleicht sie zum Treppenhaus. Als sie die Tür öffnen will, wirft der Mann den Kanister weg. Laut scheppert der Aufprall durch die Halle. Aus dem Augenwinkel sieht sie, wie er etwas aus der Hosentasche zieht. Kurz danach zündet eine kleine Flamme über dem Feuerzeug in seiner Hand.

Instinktiv greift Rita die Brechstange und läuft zu ihm. „Hey!", schreit sie, so laut sie kann.

Ruckartig fährt der Mann herum.

Rita denkt an die Menschen, die in den Etagen über ihr schlafen, viele davon schon älter. Dann schlägt sie zu und trifft den Brandstifter mit der Stange seitlich am Kopf. Das Feuerzeug rutscht ihm aus der Hand, die Flamme erlischt. Er stolpert und fällt. Als sie erneut ausholt, kauert er sich zusammen, zieht die Knie an die Brust und senkt den Kopf. Einige Sekunden bewegen beide sich nicht

„Warum machst du das?", fragt Rita schnell atmend.

Nach einer Weile blickt der Mann zu ihr auf und zieht mit zitternden Fingern die Skimaske aus. Das Gesicht eines jungen Mannes kommt hervor, mit den fragenden und ängstlichen Augen eines Kindes. Blut läuft aus der Wunde an der Schläfe.

Rita senkt die Brechstange. „Warum?", fragt sie erneut. „Warst du das in der Pension und im Dorf, die brennenden Häuser?"

„Ie elt enet", antwortet er mit kaum verständlichen Worten. „Ich helfe ersören."

Als sie näher an ihn herangeht, sieht sie, dass der vordere Teil der Zunge fehlt.

„Ie elt enet. Ich helfe ersören."

Erst nach mehreren Wiederholungen wird ihr klar, was der Mann meint.

„Die Welt endet und du hilfst bei der Zerstörung?"

Er nickt und senkt den Blick. Sein zuvor röchelnder Atem hört sich fast normal an, seit er die Kopfbedeckung abgenommen hat.

Sie geht einige Schritte zurück, setzt sich auf den Boden und versucht ihre Gedanken zu sortieren. „Was auch immer dir jemand angetan hat, es ist vorbei. Es wird nichts ungeschehen, wenn du Gebäude abbrennst und andere tötest!"

Der Mann holt etwas aus der hinteren Hosentasche. Als er das Papier ausbreitet, erkennt sie das kleine Poster mit der Weltkarte aus dem Haus im Wald.

„Wei weg gehen. Wo is ie Wel nich schlech?"

„Darüber musst du nicht mehr nachdenken. Die Welt, die du bestrafen willst, existiert nicht mehr. Du kannst also genauso gut hierbleiben." Sie steht auf und zeigt mit dem Brecheisen auf ihn. „Verschwinde und komm nicht auf dumme Ideen! Wenn ich irgendwo etwas brennen sehe, finde ich dich. Gib mir das Feuerzeug." Nachdem sie es an sich genommen hat, dreht sie sich um und geht zu den Treppen.

Sie bleibt kurz stehen, als sie die offene Tür zu ihrem und Karens Zimmer sieht. Rote Flecken sind auf dem Teppich bis zum Ende des Flurs verteilt.

„Karen?", ruft Rita und läuft in den Raum.

Karen sitzt auf dem Bett und blickt starr auf den Boden. Neben ihr liegt ein blutbedeckter Löffel.

„Was ist passiert?" Rita geht neben sie und legt ihr einen Arm um die Schulter.

Erst nach einer Weile antwortet Karen: „Plötzlich lag er auf mir und ..." Sie

schluckt. „... wollte mir die Hose ausziehen."

„Wer? Paul?"

„Ja, er war es, glaube ich. Es war dunkel, er hat die Tischlampe ausgeschaltet.

Auf dem Nachttisch lag noch ein Löffel, ich habe ihn damit am Auge erwischt."

„Mein Gott! Warte hier."

Mit leisen Schritten folgt Rita den Blutspuren und greift das Brecheisen fester,

das sie noch immer in der Hand hält. Am Ende des Flurs steht eine Tür offen. Als

Rita hineinblickt, sieht sie Paul unter den Fenstern auf der Seite liegen. Er hält

sich eine Hand vors rechte Auge. Blut läuft die Finger hinab. Sie nähert sich ihm

bis auf zwei Meter.

„Ist nicht alles schon schlimm genug?", fragt sie.

„Jetzt schon", antwortet er krächzend und versucht zu lachen. „Wollte doch nur

etwas Spaß."

„Nicht mehr für dich." Sie lässt die Brechstange fallen, geht zu einem Fenster

und öffnet es einen Spalt. „Dabei waren wir drei ein gutes Team."

„Warte!", schreit Paul und versucht sich hochzudrücken, als Rita den Raum

verlässt und die Tür schließt.

Zur anderen Seite

Schweigend fuhren sie durch die Nacht, bis sie am Rand der Landstraße einen Lastwagen sehen. *Zirkus Magira* steht in weißer Schrift auf den Seitenflächen. Rita nickt Karen zu. Sie halten an, steigen ab und lehnen die Räder an einen der großen Vorderreifen. Nach einem Blick in das verlassene Fahrerhaus gehen sie zur Rückseite. Nicht weit dahinter wachsen aus menschlichen Überresten zwei der roten Bäume. Auch diese verzweigen oben zu dünnen Ästen.

Eine der Türen zum Ladebereich steht einen Spalt offen. Rita zieht sie auf. Auch drinnen schweben Pusteblumen. Auf den an den Seiten angebrachten Regalen sind durchsichtige Kästen mit Seilen gesichert. Darin befinden sich Zirkusutensilien. Bälle in verschiedenen Größen, Jonglierkeulen, Seile. Weiter hinten steht ein goldener Torbogen aus Pappmaché.

Jemand in einem Clownskostüm sitzt davor. Die Person trägt ein weißes Tuch um den Kopf, der Bereich um Mund und Augen ist rot bemalt. „Das Zaubertor funktioniert nicht", sagt sie mit heller, weiblicher Stimme und dreht den Kopf zum Ausgang.

„Lass uns weiter", flüstert Karen.

„Warte." Rita blickt zu der Frau. „Wer bist du?", fragt sie.

„Madeleine heiße ich hier. Wenn ich hindurchgegangen bin, werde ich mir einen anderen Namen suchen."

„Wohin willst du?"

„Weiß nicht. Wohin mich der Durchgang führt, es ist seine Entscheidung. Vielleicht funktioniert der Zauber, wenn wir das Tor nach draußen stellen." Madeleine steht auf. „Helft ihr mir?"

„Wo sind deine Zirkuskollegen?", will Karen wissen.

„Schon auf der anderen Seite", antwortet Madeleine kichernd.

„Komm!" Karen legt eine Hand an Ritas Ellenbogen.

„Nein, ich muss mich ausruhen. Wir hätten die Nacht noch in der Klinik verbringen sollen."

„Tut mir leid, aber ich musste dort weg."

„Ich weiß, aber ich kann jetzt nicht mehr weiterfahren. Helfen wir ihr, danach können wir in der Fahrerkabine übernachten."

Karen seufzt und sieht zu Madeleine. „Okay."

Sie stellen den Torbogen nicht weit von einem der fremdartigen Gewächse ab. Madeleine stellt sich davor, atmet tief ein und geht hindurch. Dahinter bleibt sie eine Weile regungslos stehen.

„Warum bin ich noch hier?", fragt sie und tritt erneut durch das Tor. Immer wieder, vor und zurück, bis sie anfängt zu schreien und gegen das Pappmaché schlägt. „Was soll das?" Dann eilt sie zu dem rot leuchtenden Baum, greift einen Ast über sich und zieht daran.

„Nicht!", ruft Karen.

Der Zweig dehnt sich, als wäre er aus Gummi und reißt ab. Eine dickflüssige Masse tropft auf Madeleines Kopf, dringt in die Augen. Sie geht in die Knie, lacht und ruft: „Bring mich rüber!" Nach einigen Sekunden fällt sie zitternd auf den

Rücken, gurgelnde Laute entweichen ihrer Kehle. Bis sie verstummt und ihr Körper zu einer blutigen Lache zerfließt.

„Komm", sagt Rita mit trockener Stimme.

„Warum?", antwortet Karen. „Ich ertrage das hier nicht mehr. Sieh dich um! Unsere Welt ist verloren."

„Das weißt du nicht."

„Madeleine hat das Richtige getan. Hier gibt es nichts mehr für uns."

Rita geht einen Schritt auf Karen zu. „Morgen früh kann alles wieder besser aussehen. Wir können reden und -"

„Nein!" Karen weicht zurück und greift den um ihren Kopf gewickelten Schal „Vielleicht sehen wir uns an einem anderen Ort wieder. Sieh nicht zu." Sie zieht an dem schützenden Stoff, mit der anderen Hand nimmt sie die Brille ab und lässt sie fallen.

„Nicht!", will Rita schreien, aber es wird nur ein heiseres Krächzen.

Eine Pusteblume streift Karens Nase. Rita möchte zu ihr laufen, sie retten, aber es ist zu spät. Als Karen zur Seite fällt, wendet sie sich ab.

Mit starrem Blick betrachtet Rita die aufgehende Sonne. Ihre Strahlen verdrängen das Leuchten der Eindringlinge. Vor dem Fahrzeug ragen drei der fremdartigen Bäume aus dem Boden. Wieder sind sie gewachsen, Rita schätzt sie auf über drei Meter. Ganz oben auf den Verästelungen bildet sich eine moosähnliche Schicht. Im unteren Stamm haben sich die grünen Punkte ausgedehnt, als wollte das Gewächs die vernichteten Pflanzen imitieren.

Sie öffnet den Rucksack und nimmt das in Alufolie eingewickelte Brot heraus, das sie aus der Küche der Klinik mitgenommen hat. Aus einer Frischhaltefolie streut sie geriebenen Parmesankäse auf eine Scheibe. Nach einigen Bissen senkt sie den Kopf und bricht in Tränen aus.

„Noch bis zur Forschungsstation", sagt sie, als sie vor Karens Überresten steht. „Wenn es auch dort keine Hoffnung gibt, komme ich zu dir."

Sie nimmt Corvins Rucksack und klemmt ihn auf den Gepäckträger. Nach einem letzten Blick zu ihrer gestorbenen Freundin steigt sie aufs Rad und fährt weiter nach Norden.

Auch aus dem roten Staub neben der Landstraße wächst, was die Eindringlinge gesät haben. Vielleicht gehört sie zum kleinen Rest irdischen Lebens und hat noch eine Aufgabe, überlegt Rita und versucht, nur nach vorne zu sehen.

Blick in die Ferne

Mitten auf der Fahrbahn liegt ein Kleinwagen auf der Seite. Überall ist der Lack zerkratzt. Scherben bedecken den Asphalt. Rita versucht ihnen auszuweichen, dennoch dringt eine in den Vorderreifen. Zischend entweicht die Luft. Als sie bremst und einem größeren Stück Glas ausweichen will, zieht sie zu schnell am Lenker. Das Rad neigt sich zur Seite, sie fällt und rutscht über den rauen Straßenbelag. Etwas bohrt sich in ihren Oberschenkel.

„Scheiße!", schreit sie in Stille.

Eine Weile bleibt sie liegen, dann drückt sie das Rad mit dem unverletzten Bein von sich. Das andere hält sie auf den Boden gedrückt, während sie den Rucksack abnimmt und ein T-Shirt herausholt. Als sie den Oberschenkel anhebt, tropft Blut auf den Asphalt. Mit zusammengebissenen Zähnen zieht sie die Scherbe heraus und wickelt das Shirt um die Wunde.

Wieder wartet sie einen Moment, bevor sie stöhnend aufsteht und zu dem Wagen humpelt. Fahrer- und Beifahrersitz sind von roten Pfützen bedeckt. Ihre Beine zittern, sie setzt sich wieder hin und lehnt sich mit dem Rücken an das Fahrzeug. Mit geschlossenen Augen wartet sie auf die Tränen, aber diesmal kommen sie nicht. Stattdessen breitet sich Leere in ihren Gedanken aus.

Irgendwann öffnet sie die Lider und blickt sich um. Eine Vogelscheuche steht neben der Landstraße auf der roten Fläche, die wahrscheinlich mal ein Feld war..

„Du wirst uns alle überdauern!", ruft Rita und erschreckt über ihr schrilles Lachen.

Als sie sich beruhigt hat, denkt sie an die Verstorbenen. Marc. Der Junge aus der Pension. Corvin. Die Frau im Tankstellengebäude. Paul. Madeleine. Karen.

„Ich habe es ihr versprochen!", fährt sie an die Scheuche gewandt fort. „Bis zur Forschungsstation."

Mit schmerzverzerrtem Gesicht drückt sie sich hoch und geht zum Fahrrad. Nachdem sie die letzten drei Konservendosen und die Karte aus Corvins Rucksack in ihrem verstaut hat, schnallt sie ihn um und setzt ihren Weg zu Fuß fort.

***

Sie ist im Wald, nicht weit von der Pension entfernt. Die Bäume halten den Regen ab, Feuchtigkeit hängt in der Luft. Einige Meter vor ihr geht ein Kind im Regenmantel.

„Du musst dich beeilen", sagt es und dreht den Kopf zu ihr. „Deine Welt endet."

Rita erkennt den Jungen aus der Pension, dessen Leben sie nicht retten konnte. Sie geht schneller, dennoch wird der Abstand zu ihm größer.

„Warte!", ruft sie.

„Nein. Du musst dich mehr anstrengen, sonst bist du verloren!"

Nach einigen Minuten verliert sie ihn aus den Augen. Bis sie hinter einer Biegung eine rote Lache sieht, direkt vor einer Tür, die mitten auf der Straße steht.

***

Sie schreckt hoch. Der Nieselregen lässt den Schal durchnässt an ihrem Kopf kleben. Mechanisch setzt sie einen Fuß vor den anderen. Die Wunde im Oberschenkel ist von einem dumpfen Taubheitsgefühl umgeben. Wenn sie sich jetzt ausruht, wird sie nicht mehr aufstehen, denkt Rita. Aber sie kommt nicht mehr gegen die Erschöpfung an, jeder Schritt ist anstrengender als der vorherige. Bis sie schließlich stehen bleibt. War es das jetzt?, fragt sie sich.

„Nein", antwortet eine bekannte Stimme. „Es ist nicht mehr weit."

Rita sieht auf. Einige Meter vor ihr steht Marc in Jeans und T-Shirt. Die Pusteblumen berühren seine Haut und lassen ihn unbeschadet zurück.

„Wo … wo kommst du her?", will Rita wissen.

„Ich bin bei dir, wenn du es zulässt. Siehst du die Tafel?" Er zeigt die Landstraße entlang. Ungefähr einen halben Kilometer entfernt steht ein grünes Schild. „Auf ihr findest du den Namen des Forschungszentrums. Halte noch etwas durch, dann kannst du dich ausruhen."

„Bleibst du bei mir? Alleine schaffe ich es nicht."

„Ja, ich versuche es. Dir folgt jemand, glaube ich. Bleib achtsam!"

Rita blickt hinter sich, aber die Straße ist verlassen. Als sie wieder nach vorne sieht, ist Marc verschwunden. Mit gesenktem Blick geht sie weiter.

An einer nach rechts abbiegenden Straße steht ein weiteres grünes Schild mit der Aufschrift *Institut Mediformica*. Nach etwa hundert Metern in diese Richtung erreicht sie einen Parkplatz, mehr als zwanzig Fahrzeuge stehen dort. Dahinter ist ein mehrstöckiges Gebäude. Ihr Blick wandert von Fenster zu Fenster. Nirgendwo entdeckt sie Licht oder eine Bewegung.

„Das kann nicht sein!" Mit der Hand am verletzten Oberschenkel geht sie an der Hauswand entlang. „Nein!", ruft sie, immer wieder, als sie nirgendwo eine Spur von menschlichem Leben findet.

Wieder an der Vorderseite rüttelt sie an den Griffen der Eingangstür, aber sie ist verschlossen. Sie geht einige Schritte zurück und lässt sich auf den Boden sinken. Dann nimmt sie den Rucksack ab, legt sich auf den Rücken und blickt zum Himmel. Der Regen hat aufgehört, blaue Flächen kommen zwischen den

Wolken hervor.

„Ist es vorbei?", fragt sie.

„Nein", antwortet Marc. Er beugt sich über sie und lächelt. „Bestimmt hat es

einen Grund, warum du es bis hierhin geschafft hast. Da kommt jemand, glaube

ich." Während er zum Eingang zeigt, verblasst seine Erscheinung und

verschwindet.

Rita richtet sich auf. Kurz danach wird die Tür aufgeschlossen und geöffnet.

Eine dünne Gestalt im blauen Arbeitsanzug steht dahinter. Zum Schutz hat sie ein

Tuch um den Kopf gewickelt und trägt Handschuhe.

„Kommen Sie!", ruft eine männliche Stimme.

Zögernd steht sie auf, nimmt den Rucksack und geht ins Gebäude.

„Danke!", sagt Rita und sieht sich um, wahrend der Mann den Eingang schließt.

Vereinzelte Pusteblumen schweben durch das Foyer. Boden und

Empfangstresen sind aus glänzendem Marmor. Auf der linken Seite steht ein

Glastisch und eine Eckcouch.

„Wie viele sind noch hier?", fragt sie.

Der Fremde zuckt mit den Schultern. „Sonst niemand, fürchte ich. Die Forscher

wurden gestern mit Hubschraubern abgeholt."

„Was? Wo wurden sie hingebracht?"

„Zur Zentrale in der Hauptstadt."

Rita wird schwindelig. Schwankend geht sie zur Couch und setzt sich. „Warum

sind Sie noch hier?"

Er zuckt mit den Schultern. „Was soll ich woanders? Ich kümmere mich seit über dreißig Jahren um dieses Gebäude. Wo könnte ich meine letzten Tage besser verbringen?"

„Haben Sie etwas zu essen?"

„Ja, aber warten Sie noch einen Moment." Eine Pusteblume schwebt an ihm vorbei. „Ich will diese Dinger endlich hier raus haben."

„Ich helfe Ihnen."

Im zweiten Stock gehen sie in einen Pausenraum und nehmen die Schutzkleidung ab. Der Mann streicht sich die schulterlangen grauen Haare zurück. Auf einem Tisch stehen mehrere Dosen Ravioli.

„Mein Standardessent", sagt er und öffnet zwei davon. „Nur dass ich sie sonst warm gegessen habe. Ich bin übrigens Jonas."

„Ich heiße Rita. Danke!", antwortet sie, setzt sich und nimmt einen der Löffel, die auf einer Serviette liegen.

Eine Zeitlang essen sie schweigend, dann fragt Rita: „Woran wurde hier gearbeitet?"

„Da kann ich Ihnen nicht mehr sagen als *Medizinische Grundlagenforschung*. Es hat mich zugegeben nie sonderlich interessiert. Warum sind Sie hierhin gekommen?"

„Ein verstorbener Freund hat einen Weg gefunden, wie die Eindringlinge vernichtet werden können."

„Ja?" Jonas senkt den Löffel. „Wie?"

„Mit viel Geduld und einer Nadel konnte er den Kern durchstechen. Danach zerfließen sie. Ich wollte den Forschern davon erzählen."

„Da müssen sie weiter zur Hauptstadt, fürchte ich. Irgendwas scheint dort zu

passieren.“

„Was meinen Sie?“

„Essen sie auf, dann zeige ich es Ihnen.“

Auf der obersten Etage betreten sie ein großes Büro. Vor einem der Fenster steht

ein Fernglas.

„Hier hat der Chef des Instituts gearbeitet“, sagt Jonas. „Wenn er nicht gerade

mit seinem Lieblingsspielzeug die Umgebung erkundet hat. Sehen Sie durch, es

ist auf die Stadt gerichtet.“

Rita beugt sich vor, blickt durch das Objektiv und erkennt die Wolkenkratzer der

Innenstadt. Etwas schwebt darüber, das aussieht wie eine Wolke aus

leuchtenden, blauen Kristallen.

„Was ist das?“, fragt sie.

„Keine Ahnung. Betrachten Sie es weiter, ab und zu passiert etwas.“

Nicht lange und die Erscheinung strahlt hell auf. Ein Blitz fährt in eins der

Hochhäuser, danach wandern Lichtkugeln über die Außenwände, als würden sie

nach etwas suchen. Manche dringen in das Gebäude. Nach einer Weile werden

die Kugeln kleiner und verschwinden.

„Was geschieht dort? Unter der Wolke sind keine Pusteblumen!“, sagt Rita und

richtet sich auf.

„So ist es. Vielleicht gibt es doch noch Hoffnung!“

„Oder es ist die nächste Stufe, in was auch immer sich unsere Welt

verwandelt.“

„Das weiß ich genauso wenig wie Sie. Es ist Ihre Entscheidung, wo Sie hingehen.“

Rita blickt Jonas an. „Sie haben Ihre anscheinend schon getroffen?“

„Ja. Ich habe nirgendwo mehr Zeit verbracht als in diesem Gebäude und werde es nicht verlassen.“

„Kann ich erst mal hierbleiben?“

„Klar!“

***

Sie spazieren am Flussufer entlang. Pusteblumen schweben um sie herum, berühren ihre Haut, aber lassen sie unbeschadet zurück.

„Kann es irgendwann so sein?“, fragt Rita. Im Vorbeigehen berührt sie einen der roten Bäume. „Wir im Einklang mit den Eindringlingen?“

„Ich hoffe es“, antwortet Marc. „Vielleicht gibt es eine Möglichkeit, wenn die Menschen lange genug überleben.“

Rita wendet sich ihm zu. „Warum sehe ich dich, in meinen Träumen, sogar am Tag?“

„Auch du brauchst jemanden, der dich führt. Anscheinend hast du mich ausgewählt. Aber nun musst du aufwachen. Jemand ist auf dem Weg zu dir.“

Sie blickt in alle Richtungen und weiß, dass er recht hat. Aber niemand ist zu sehen, nicht hier.

„Ich muss aufwachen“, sagt Rita.

„Ja.“ Marc beugt sich vor und küsst sie. „Sei vorsichtig.“

71

***

Rita öffnet die Augen. Mit angezogenen Knien liegt sie auf der Couch im Pausenraum der zweiten Etage. Vor ihr auf einem Tisch steht eine Flasche Wasser. Sie steht auf, trinkt einen Schluck und geht zu den Fenstern. Die Sonne steht tief, nicht mehr lange und die Pusteblumen erhellen die Dunkelheit.

Als sie sich abwenden und nach Jonas suchen will, sieht sie jemanden auf einem Fahrrad hinter dem grünen Schild hervorkommen und auf das Institut zufahren. Rita erkennt den schwarz gekleideten Brandstifter. Vor dem Gebäude hält er an und steigt ab. An das Rad ist ein Anhänger montiert. Auf der offenen Ladefläche liegt eine Reisetasche, außerdem Flaschen und Konservendosen.

„Scheiße!", sagt sie und zuckt zusammen, als sie hinter sich Jonas Stimme hört.

„Was ist los?" Er kommt neben sie und blickt nach unten. „Noch ein Besucher!"

„Ich kenne ihn, wahrscheinlich ist er mir gefolgt."

Der Mann geht zum Eingang.

„Haben Sie die Tür wieder verschlossen?", fragt Rita.

„Nein. Ist er gefährlich?"

„Kann sein. Er hat einige Häuser abgebrannt." Sie geht zu ihrem Rucksack und nimmt das Schweizer Taschenmesser heraus.

„Auf der ersten Etage ist das Büro des Nachtwächters", sagt Jonas. „Vielleicht liegt dort noch einer der Schlagstöcke."

Auf dem ersten Stockwerk nähern sie sich dem Zugang zum Treppenhaus. Rita hält das ausgeklappte Messer in der Hand, Jonas einen Schlagstock. Leise gehen sie die Stufen hinunter und betreten das Foyer. Als sie den Haupteingang fast erreicht haben, wird die Tür aufgestoßen und der in schwarz gekleidete Mann betritt den Flur.

Er hat die Maske abgenommen, wieder erinnert Rita sein Blick an ein ängstliches Kind. Seine kurzen blonden Haare stehen in alle Richtungen ab.

Für einige Sekunden betrachten sie sich regungslos, dann fragt sie: „Was willst du hier?"

Der Fremde zieht den Reißverschluss seiner Jacke runter und holt einen Block hervor, an den ein Stift geklemmt ist. Dann schreibt er etwas darauf und hält es vor sich.

„Ausruhen. Dann fahre ich weiter."

Rita fällt die ordentliche Handschrift auf und erinnert sich an seine kaum verständliche Aussprache, die verstümmelte Zunge.

„Wie heißt du?", fragt Rita.

„Brauche keinen Namen." Der Filzstift quietscht beim Schreiben.

„Was hast du in dem Anhänger?", fragt Jonas.

„Lebensmittel und Wasser."

„Gehen wir nachsehen. Wenn es stimmt, darfst du bleiben."

***

Wieder sind sie am Flussufer, nur sitzen sie diesmal auf einer Picknickdecke.

Rita legt den Kopf in den Nacken und genießt die Wärme der Sonne. „Genau das möchte ich wieder. Unbeschwert draußen sitzen, das Leben genießen."

„Gib die Hoffnung nicht auf", antwortet Marc und trinkt aus seiner Bierflasche.

„Früher habe ich oft darüber nachgedacht, ob ich nur ein Bestandteil vom Leben anderer bin. Oder alle anderen Teil meines Lebens."

„Und wie denkst du jetzt darüber?"

„Anscheinend stehe eher ich im Mittelpunkt", überlegt sie. „Viele sind schon gestorben, aber ich bin noch hier. Es gibt immer wieder Menschen, die mich ein Stück weiterbringen, als würden sie nur deswegen auftauchen."

„Vielleicht empfinden das alle so, bis sie selbst diese Welt verlassen."

Rita überlegt einen Moment. „Wer weiß, kann schon sein. Auch der junge Mann in schwarz könnte ein weiterer Helfer sein. Oder ist er noch immer eine Gefahr?"

„Ich weiß es nicht. Vielleicht solltest du nachsehen, was er macht."

***

Blinzelnd öffnet sie die Lider. Wieder liegt sie auf der Couch des Pausenraums. Das nächtliche Leuchten der Pusteblumen scheint von draußen herein. In der Stille hört sie ihren Atem.

Jonas wollte im Büro des Nachtwächters auf dem schmalen Bett übernachten, der junge Mann in einem Aufenthaltsraum auf der vierten Etage.

Rita steht auf und macht sich auf den Weg zum ersten Stock. Ihre Schuhsohlen quietschen auf dem Linoleumboden. Bevor sie das Treppenhaus betritt, blickt sie aus dem Fenster am Ende des Flurs. Am Horizont sieht sie zwischen den Eindringlingen stecknadelkopfgroß den blauen Schein. Würde ich dort direkt ins Verderben laufen, oder wäre ich in Sicherheit?, fragt sie sich.

Sie geht die Stufen hinunter und zum Nachtwächterbüro, aber es ist verlassen. Nirgendwo sieht sie den Schlagstock. Auch hier umgibt sie eine Ruhe, durch die sie sich kaum traut, ein Geräusch zu machen. Aus der Hosentasche nimmt sie das Taschenmesser, klappt es auf und geht zurück zu den Treppen.

Schwitzend kommt sie auf der vierten Etage an. Ihr Herzschlag dröhnt in den Ohren. Als sie den Aufenthaltsraum erreicht, findet sie auch diesen verlassen vor.

„Scheiße!", flucht sie und wischt sich mit dem Ärmel über die Stirn.

Nachdem sie wieder einige Stufen abwärts gegangen ist, blickt sie nach oben und denkt an das große Büro mit dem Fernglas. Ihrem Instinkt folgend begibt sie sich zur obersten Etage und hört Jonas Stimme, als sie den Flur betritt. Sie eilt zu dem Büro und atmet erleichtert aus. Der junge Mann und Jonas sitzen auf dem Boden, vor ihnen liegt das Poster mit der Weltkarte. Auf dem Schreibtisch brennen mehrere Teelichter.

Jonas blickt zu ihr auf. „Ich konnte nicht schlafen und habe zuerst nach Ihnen, dann nach ihm gesehen. Auch er war wach, also sind wir hierhin. Ich habe ihm das Leuchten über der Hauptstadt gezeigt."

Rita bemerkt den Blick des Fremden, zuerst zu ihrem Gesicht, dann zum Messer. Sie fährt die Klinge ein und steckt es weg. „Was macht ihr?", fragt sie.

„Ich erzähle ihm ein wenig über die Welt. Von den Reisen, die ich mit meiner

Frau gemacht habe. Wir sind gerade bei einer Tour durch Kanada mit dem Wohnmobil."

Einen Moment zögert Rita, dann setzt sie sich dazu.

„Wo war ich?", überlegt Jonas.

Während Rita seinen Erzählungen von einem Aufenthalt in Winnipeg und den Seen der Provinz Manitoba zuhört, betrachtet sie das Fernglas, dann den jungen Mann. Er hat die Ärmel seines Pullovers hochgezogen. Zuerst hält sie die rotbräunlichen Punkte auf seiner Haut für Muttermale, aber beim genaueren Hinsehen scheinen es Brandwunden von Zigaretten zu sein. Trotz allem, was er durchgemacht hat, lauscht er neugierig wie ein Kind Jonas Worten und blickt auf die Karte, wenn der alte Mann auf etwas zeigt.

Immer weniger kann Rita sich vorstellen, dass er nach dem Auftauchen der Pusteblumen einige Häuser abgebrannt hat. Gleichzeitig versteht sie seinen Zorn, so wie er anscheinend von seinen Eltern misshandelt und eingesperrt wurde.

„Wie wäre es mit einer Reise zur Hauptstadt?", fragt sie, als Jonas eine weitere Tour geschildert hat.

Der Fremde blickt zu Jonas, als bräuchte er seine Erlaubnis. Dann nimmt er den neben sich liegenden Block und schreibt: „Mit dir? Wann?"

„Schon morgen früh."

Seine Hand zittert, als er seine Antwort notiert. „Ja :-)"

Ein Name

Am nächsten Morgen prüft Jonas im Foyer mehrfach ihre Schutzkleidung.

„Sieht gut aus", meint er.

„Wollen Sie nicht doch mitkommen?", fragt Rita.

„Nein, ich würde euch nur aufhalten. Falls es eine Chance zu überleben gibt, steht sie für mich hier bestimmt am besten."

Rita blickt ihn eine Weile an, dann umarmt sie ihn. „Danke für alles! Vielleicht schaffe ich es irgendwann, zurückzukommen."

„Das hoffe ich. Passt auf euch auf!"

„Machen wir, Sie auch!"

Zögernd wendet Rita sich ab und verlässt mit dem jungen Mann das Gebäude. Sie schiebt im Fahrradanhänger die Konservendosen und Wasserflaschen zusammen, stellt ihren Rucksack neben die Reisetasche und setzt sich mit angezogenen Beinen hinein.

Der Fremde steigt auf und fährt los. Rita erwidert Jonas Winken, bis er nicht mehr zu sehen ist.

Nur wenige Wolken ziehen am Himmel dieses Herbsttages vorbei. Immer wieder kommt die Sonne durch. Die baumähnlichen Gewächse abseits der Landstraße haben sich über Nacht kaum verändert. Nur die grünen Flächen, die sich ganz oben gebildet haben, sind größer geworden. Wenn mehrere dicht beieinander sind, vereinen sie sich zu einer.

Wieder fragt sich Rita, ob sie genauso Sauerstoff produzieren wie die Pflanzen, die durch die Eindringlinge vernichtet wurden. Und ob es ihr nur so vorkommt, dass es anstrengender geworden ist, zu atmen.

Nachdem sie sich mehrmals auf dem Rad abgewechselt haben, sehen sie einige Meter neben der Straße eine Gruppe roter Bäume, deren Kronen zusammengewachsen sind. Wer sie wohl vorher waren?, überlegt Rita. Vielleicht ein Wanderverein, der hier sein Ende fand? Daneben stehen drei große Zelte auf der von Staub bedeckten Erde. Weitere Gewächse sprießen daraus empor.

Sie halten an und blicken ins Innere der Zelte, finden aber niemanden. Während Rita aus einem die Pusteblumen wedelt, nimmt der junge Mann eine Konservendose mit Nudeleintopf und eine Flasche Wasser vom Anhänger. Dann gehen sie geduckt hinein und ziehen den Reißverschluss des Eingangs zu, setzen sich und nehmen die Schutzkleidung ab.

Rita holt zwei Löffel aus dem Rucksack und entfernt mit dem Dosenöffner den Deckel. Sie essen schweigend, ab und zu rüttelt der Wind am Zelt.

„Darf ich dir ein paar Fragen stellen? Zu deinem bisherigen Leben?", fragt sie, als sie fertig sind.

Kurz blickt der Mann auf, dann zuckt er mit den Schultern und nickt.

„Bist du die ganze Zeit in dem Haus im Wald gewesen?"

Eine Zeitlang reagiert er nicht, dann holt er Block und Stift unter der Jacke hervor und schreibt „Ja."

„Keine Schule? Freunde?"

Stumm schüttelt er den Kopf.

„Tut mir leid! Aber jetzt bist du frei."

Seine Finger zittern, als er den Stift übers Papier bewegt. „Vater und Mutter mussten bezahlen."

„Ich weiß."

Mit glasigen Augen sieht er sie an und öffnet den Mund, zeigt auf den Rest seiner Zunge. „Ich urfte kaum reen", sagt er.

„Aber jetzt darfst du reden." Rita rückt zu ihm und umarmt ihn.

Er bewegt sich nicht, als hätte er Angst, dass sie sonst weggeht. Dann drückt er sich an sie und weint an ihrer Schulter.

„Darf ich dir einen Namen geben?", fragt sie nach einer Weile.

„Ja", antwortet er leise.

„Kanada scheint dir bei Jonas Erzählungen gefallen zu haben. Wie wärs mit Yukon?"

Für einen Moment reagiert er nicht, dann lehnt er sich zurück, lächelt und nickt.

Rita betrachtet die Baumgruppe neben den Zelten.

„Luf schlecher geworen", meint Yukon neben ihr.

„Ja", antwortet sie und blickt nach oben zu den zusammengewachsenen, moosartigen Flächen. „Falls sie etwas anderes produzieren als Sauerstoff, wird es einen Grund haben."

Sie kniet sich vor einen der Stämme und legt beide Hände auf den Boden. Eine leichte Vibration fährt durch ihre Finger. „Lass uns weiter", sagt sie nach einer Weile und steht auf.

Yukon nickt, gemeinsam gehen sie zurück zum Fahrrad.

Etwas aus der Erde

Rita blickt zum Himmel. Nach dem Stand der Sonne müsste es später Nachmittag sein, als sie eine Siedlung erreichen. Vor jedem Haus, an dem sie vorbeikommen, ist mindestens einer der fremden Bäume gewachsen.

Schweigend fahren sie weiter und erreichen einen Platz. Neben einigen Marktständen steht ein Karussell.

Rita klettert aus dem Anhänger. „Komm", sagt sie und geht zu den als weiße Pferde gestalteten Sitzmöglichkeiten.

Yukon steigt ab und bleibt mit offenem Mund vor der Attraktion stehen.

„Keine Angst", ruft Rita und setzt sich.

Zögernd kommt er auf den Platz neben ihr.

„Tut mir leid, was dir alles vorenthalten wurde. Vielleicht kannst du irgendwann tatsächlich mal auf einem fahren."

Er zieht die Augenbrauen hoch. „Wofür?"

Ihre Augen werden glasig. „Um Spaß zu haben. Mehr nicht. Einfach nur Spaß." Sie bemüht sich um ein Lächeln und streckt eine Hand aus.

Yukon ergreift sie und lächelt ebenfalls. „Spa", wiederholt er. Dann wird sein Blick wieder ernst. „Kei guer Or hier."

Rita sieht sich um, betrachtet die Gewächse vor den Häusern. „Hier lebt anscheinend niemand mehr. Trotzdem sollten wir bleiben, bevor wir vor der Nacht nichts mehr finden."

„Okay", sagt Yukon und blickt sie mit ängstlichen Augen an.

Am Rand der Siedlung betreten sie ein Einfamilienhaus. Wie bei den meisten, an denen sie vorbeigekommen sind, ist die Tür nur angelehnt. Nachdem sie die wenigen Pusteblumen aus dem Flur nach draußen gewedelt haben, schließen sie den Eingang.

„Sehen wir uns mal um", sagt Rita.

Sie gehen von Zimmer zu Zimmer. Alles ist ordentlich und aufgeräumt, als hätten die Bewohner es für einen Urlaub verlassen und nicht für immer. Rita blickt aus dem Schlafzimmerfenster im ersten Stock die Straße entlang. Die fremden Bäume wachsen vor den Häusern aus den mit Eindringlingen bedeckten Blutlachen, als wollten die Menschen so nach dem Tod noch ihr Eigentum beschützen. Oder es kennzeichnen. Haben sich die Einwohner gemeinsam entschieden, so zu enden?, fragt sie sich.

„Wie wärs mit was zu essen?", fragt Rita nach einer Weile.

„Ja", antwortet Yukon. Er steht vor einer Kommode und hält eine Uhr mit weißem Ziffernblatt und braunem Lederarmband in der Hand. „Arf ich behalen?"

„Klar. Hier beschwert sich niemand mehr." Sie blickt auf die Zeiger. „Aber sie funktioniert nicht mehr."

„Egal." Er befestigt sie mit strahlenden Augen am Handgelenk.

Rita holt zwei Konservendosen mit Ravioli und eine Flasche Wasser aus dem Anhänger. Sie betreten das Wohnzimmer, ziehen Schutzkleidung und Jacken aus und setzen sich auf die Couch.

Nachdem sie gegessen haben, öffnet Yukon Ritas Rucksack und nimmt seinen

Block und Stift heraus. „Atmen noch schwieriger geworden", schreibt er.

Rita fasst sich an den Hals. „Ja, aber vielleicht wird es ja nicht mehr schlimmer."

„Hoffentlich. Was hast du früher gemacht?"

„Ist es einfacher für dich, wenn du schreibst?"

„Ja. Meine Mutter hat mich unterrichtet. Habe viel gelesen und geschrieben."

„Okay, also … Ich hab mich schon früh für Musik interessiert, eine Zeitlang an der Gitarre geübt, aber dann fand ich das Schlagzeug cooler."

„Warum?", will Yukon wissen.

„Ich mochte den Rhythmus, den ich damit spielen konnte. Als könnte ich die Songs damit führen, mal langsamer oder schneller, leiser oder lauter. Außerdem -" Rita lächelt. „Konnte ich so richtig Krach machen, wenn mir mal wieder alles auf die Nerven ging."

Auch Yukon grinst. „Singst du auch?"

„Manchmal, aber eher im Hintergrund. Seit ein paar Jahren spiele ich in einer Band, da hat jemand anderes eine bessere Stimme."

Einen Moment zögert Yukon, dann fragt er: „Kannst du mir etwas zeigen?"

„Weiß nicht, ich könnte … Moment!"

Sie steht auf, holt aus der Küche einige Gläser und zwei Kochlöffel und stellt sie auf den Couchtisch. „Erwarte nicht zu viel", sagt sie und sortiert die Gläser nach Größe. „Wie wär's mit *Yesterday* von den Beatles?"

Yukon zuckt mit den Schultern und nickt dann.

Nach einigen Versuchen schafft sie es, mit den Kochlöffeln den Rhythmus zu finden, den sie haben wollte. Zur Hälfte des Liedes klatscht Yukon mit, zuerst zaghaft, dann lauter. Bis er übers ganze Gesicht strahlt und gebannt ihrem

Gesang lauscht.

„Schlag ein!“, ruft Rita, als sie fertig ist und hält eine Hand hoch.

Zuerst sieht Yukon sie fragend an, dann berührt er ihre Handfläche mit seiner.

„Das war ein Anfang. Noch mal! Feste!“, ermutigt sie ihn.

Erst beim vierten Mal dringt ein Klatschen durchs Zimmer.

***

„Warum gehe ich weiter?“, fragt Rita und blickt die Landstraße entlang. Einige Meter entfernt steht Marc mit dem Rücken zu ihr.

„Es ist nicht mehr weit bis zur Hauptstadt“, antwortet er. „Weshalb solltest du jetzt aufgeben?“

„Was erwartet mich dort?“

„Vielleicht ein neuer Anfang.“

Es beginnt zu regnen, zuerst leicht, dann stärker.

„Schon nach kurzer Zeit haben die Eindringlinge das meiste Leben vernichtet. Was soll unsere Welt noch retten?“

„Ich weiß es nicht. Meine Zeit ist vorbei, aber du kannst es noch rausfinden. Achte auf die fremden Bäume. Etwas wächst unter dem Boden, glaube ich.“

„Ja, manchmal vibriert die Erde. Es könnten die Wurzeln sein, die -“ Rita hält inne. Ein Schatten nähert sich ihr.

„Du musst aufwachen“ ruft Marc. „Jetzt!“

***

Regen prasselt gegen die Fenster. Sie spürt warmen Atmen nah an ihrem Gesicht. Als sie die Augen öffnet, presst jemand eine große Hand auf ihren Mund, so fest, dass ihr Kopf in das Polster gedrückt wird.

„Schon wieder ein ungebetener Gast in meiner Siedlung", sagt der neben der Couch kniende Mann „Wahrscheinlich willst auch du zur Stadt mit den blauen Lichtern, aber du kannst genauso gut hier sterben. Bis dahin darfst du mir Gesellschaft leisten."

„Wer sind Sie?", fragt Rita, als der Fremde die Hand sinken lässt.

„Der einzige hier, der noch an ein Leben glaubt."

„Sie sind nicht der Einzige. Haben Sie die anderen umgebracht?"

Er lacht laut auf. „Ich? Nein. Diese Entscheidung trifft jeder selbst."

Rita greift unter der Tagesdecke langsam in ihre Hosentasche und greift das Schweizer Taschenesser. „Dann lassen Sie auch mir meine Entscheidung!"

„Die bekommst du. Aber noch nicht."

Als er die Decke beiseite zieht, schlägt sie ihm das eingeklappte Messer an die Schläfe. Überrascht schreit der Mann auf, dann greift er Ritas Hals und drückt zu

„Du hättest einfach stillhalten sollen", sagt er und presst seinen massigen Körper auf sie. Mit der freien Hand versucht er, ihr die Hose auszuziehen.

Sie strampelt mit den Beinen und versucht mit zitternden Fingern eine der Klingen auszufahren. Als es ihr nicht gelingt, lässt sie das Messer los und schlägt gegen den Arm ihres Angreifers. Aber er drückt nur noch fester zu, bis Rita schwarz vor Augen wird.

Dann lockert sich der Griff und der Mann gibt gurgelnde Laute von sich. Wie durch einen Schleier sieht Rita, wie er von ihr weg taumelt und über den Couchtisch fällt. Ein Küchenmesser steckt in seinem Nacken. Als er rückwärts auf dem Boden aufschlägt, wird es nach vorne durchgedrückt. Er dreht sich auf die Seite und versucht es rauszuziehen, aber es entgleitet ihm. Seine Arme, der ganze Körper zucken, immer stärker. Blut sprudelt auf den Teppich.

Yukon steht neben der Couch. Stöhnend richtet Rita sich auf und streckt ihm eine Hand entgegen. Er greift sie und setzt sich. Stumm beobachten sie den Todeskampf des Fremden.

Rita weiß nicht, ob sie geschlafen hat, als die ersten Sonnenstrahlen durchs Fenster des kleinen Gästezimmers im ersten Stock fallen. Yukon liegt in dem schmalen Bett neben ihr, ab und zu murmelt er etwas. Als sie sich aufrichtet und tief durchatmet, fühlt sich die Luft wie eine schwere Masse an.

Sie steht auf, geht zum Fenster und wischt sich mit dem Ärmel den Schweiß von der Stirn. Das Leuchten der Pusteblumen ist fast dem Tageslicht gewichen. Die grünen Flächen auf den baumartigen Gewächsen nehmen die Morgensonne entgegen, was auch immer sie damit machen.

Yukon kommt neben sie und atmet hörbar durch die Nase. „Unsere Zeit ist bald vorbei", schreibt er auf seinen Block.

„Ich gebe ich nicht auf, so kurz vor dem Ziel", antwortet Rita.

„Was ist dein Ziel?"

Sie überlegt eine Weile. „Noch kann es eine Rettung für die Menschen geben. Diese Dinger sind nicht unsterblich."

„Aber sie haben ihre Saat gelegt. Was sollen wir ihnen entgegensetzen?"

„Wir können es noch zur Stadt schaffen. Irgendetwas passiert dort. Ich werde hier nicht einfach auf mein Ende warten."

„Da!", ruft Yukon, als Rita sich vom Fenster abwenden will. Er zeigt auf einen der roten Bäume vor dem Nachbarhaus.

Erst nach einigen Sekunden erkennt sie, was er meint. Etwas gräbt sich aus der Erde. Zwei in Krallen endende Beine und eine Schnauze kommen hervor. Wenig später hat es die Kreatur an die Oberfläche geschafft. Sie erinnert Rita an eine Eidechse, nur größer und mit acht Beinen. Die glatte Haut schimmert dunkelrot.

Regungslos betrachten sie das Wesen. Es krabbelt um das Gewächs herum und bewegt dabei den Kopf hin und her.. Dann kletterte es den Stamm hinauf und zerrt mit dem Maul an einem Ast. Als er abreißt, öffnet die Kreatur das Maul und trinkt die hervortretende Flüssigkeit. Auch auf die Entfernung erkennt Rita die spitz zulaufenden Zähne.

„Willst du noch immer weiter?", schreibt Yukon.

„Ja", antwortet Rita.

Nicht mehr unsere Welt

In ihrer Schutzkleidung treten sie ins Freie. Rita blickt durch das Wohnzimmerfenster zur Leiche ihres Angreifers. Er liegt auf dem Bauch, umgeben von seinem Blut. Für einen Moment überlegt sie, die Scheibe einzuschlagen. Aber dann lässt sie es, die Eindringlinge haben schon genügend

Nahrung.

Sie sieht zu dem Baum vor dem Haus. Zwei der Kreaturen klammern sich an den Stamm. Beide haben kürzlich getrunken, die rote Flüssigkeit tropft von ihren Körpern auf den Boden.

Langsam gehen sie zum Fahrrad. Die echsenähnlichen Wesen drehen die Köpfe in ihre Richtung und betrachten sie. Rita legt den Rucksack in den Anhänger und klettert hinein, während Yukom aufs Rad steigt.

„Bereit?", fragt er.

„Ja", antwortet Rita.

Er fährt los. Die Kreaturen blicken ihnen hinterher.

Nach einer Stunde wechseln sie und Rita fährt weiter. Schon nach wenigen Sekunden schwitzt sie, nur noch unter Anstrengung kann sie Luft holen. An die fremdartigen Bäume neben der Landstraße klammern sich mittlerweile jeweils mehrere dunkelrote Echsen.

Als sie darüber nachdenkt, anzuhalten und eine Pause zu machen, kommt nach einer Steigung die Hauptstadt in Sicht. Die Häuser des ersten Vororts sind nicht mehr weit entfernt.

„Wo ist sie?", fragt Rita und sieht zu den Hochhäusern der Innenstadt. „Die blaue Wolke?"

Yukon kommt zu ihr, lässt sich auf den Boden sinken und blickt sie mit müden Augen an.

„Sie war hier!", fährt Rita fort. „Du hast sie auch gesehen. Außerdem müssen die Wissenschaftler irgendwo sein." Fast wäre sie beim Absteigen vom Rad hingefallen. „Steh auf!", ruft sie und hält Yukon eine Hand hin. „Wir müssen weiter!"

Als er nicht reagiert, spürt sie Tränen ihre Wangen hinablaufen. Wieder betrachtet sie die Wolkenkratzer. Sind in einigen Gebäuden die Lichter an? Oder ist es die Sonne, die sich auf den Scheiben spiegelt?

„Sieh mal!", sagt sie und zeigt zu den Hochhäusern. „Vielleicht haben sie es geschafft, den Strom wiederherzustellen."

Dann bemerkt sie die Kreaturen. Aus allen Richtungen nähern sie sich, als wäre es an der Zeit, die Umgebung und ihre Einwohner zu erkunden. Als sie wieder aufs Rad steigen will, geben ihre Beine nach und sie fällt auf den Asphalt.

Yukon steht auf, holt Block und Stift aus dem Rucksack und schreibt: „Nicht mehr unsere Welt."

„Es tut mir leid." Rita umarmt ihn, als er sich neben sie setzt.

Yukon drückt sie an sich, auch er fängt an zu weinen.

Die fremden Wesen sind nur noch wenige Meter entfernt, da bemerkt Rita etwas aus dem Augenwinkel. Eine blaue Lichtkugel nähert sich vom Stadtzentrum. Schon nach wenigen Sekunden hat sie die Entfernung zurückgelegt und schwebt über ihnen.

Rita will die Echse vor ihr mit dem Fuß zurückdrängen, aber eine dünne Zunge fährt aus dem reptilienartigen Maul und schließt sich um ihren Knöchel. Brennende Schmerzen strömen durch ihr Bein. Auch Yukon wimmert, eine der Kreaturen hat in seine Hand gebissen. Während sich das Gift in ihren Körpern ausbreitet, verformt sich die Lichtkugel zu einer menschlichen Gestalt. Die Gesichtszüge wechseln so schnell, dass Rita sie nicht erkennen kann. Als ihre

Sicht verschwimmt, streckt die schwebende, schimmernde Gestalt die Hände aus und berührt damit Yukons und ihr Gesicht. Dann wird es dunkel.

Sapiin

Sie spürt die Kälte und das Gewicht des Wassers. Über sich sieht sie die Oberfläche und schwimmt ihr entgegen, bis ihr Kopf die Barriere durchdringt. Wie eine zähflüssige Masse dringt die Luft in ihre Lunge, jeder Atemzug strengt sie an.

Leuchtende Pusteblumen schweben um sie herum, berühren ihr Gesicht, aber tun ihr nichts, außer ihre Haut zu kitzeln. Einige Meter entfernt ist das Ufer, anscheinend ist sie in einem See. Mehrere Personen stehen dort. Die Gesichter kommen ihr bekannt vor, aber sie erinnert sich nicht an Namen oder gemeinsame Erlebnisse.

„Komm zu uns", sagt eine Frau mit rötlichen Locken.

Zögernd schwimmt sie zu ihr, greift die ausgestreckte Hand und lässt sich an Land helfen. Die anderen blicken sie lächelnd an.

„Wer bin ich?", fragt sie.

„Rita", antwortet diejenige mit den Locken.

***

„Rita", sagt jemand, immer wieder.

Erst als sie die Augen öffnet, bemerkt sie, dass sie selbst spricht. Blinzelnd sieht sie sich um. Anscheinend ist sie in einer Hotelsuite. In einem seidenen Pyjama liegt sie auf dem Doppelbett. Davor schwebt eine blaue Lichtkugel. Als Rita sich aufrichtet, nimmt diese die Form eines alten Mannes in Robe an. Falten durchziehen sein Gesicht, den kahlen Schädel. Die geisterhaft schimmernde Gestalt geht zum Panoramafenster und setzt sich im Schneidersitz davor.

„Was ... Wer bist du?", fragt Rita.

„Mein Volk nennt mich Sapiin", antwortet die Erscheinung mit tiefer, leicht vibrierender Stimme. „Woran erinnerst du dich?"

Sie überlegt eine Weile. „Ich war auf einer Straße, verhüllt vor einer Gefahr. Wir nannten sie Eindringlinge Jemand war bei mir, ein junger Mann, gemeinsam wollten wir zur Hauptstadt und -" Für einen Moment schließt sie die Augen. „Das meiste davor und dahinter verschwindet, wenn ich danach greife."

„Hab Geduld", sagt Sapiin. „Es wird zurückkommen."

„Gehörst du zu den Eindringlingen? Hast du sie hierher gebracht?"

Der alte Mann lächelt. „Wahrscheinlich könntest du auch mich so nennen, aber ich versuche, dir zu helfen. Komm, sieh hinaus." Er steht auf und dreht sich zum Fenster.

Zögernd kommt Rita neben ihn. Anscheinend befinden sie sich auf der obersten Etage eines Hochhauses. Etwas, das aussieht wie Pusteblumen, schwebt durch die Luft, wird vom Wind hin und her geweht. Auf den Straßen weit unter ihnen wachsen dicht nebeneinander rote Bäume, bedeckt von moosartigen Flächen.

Achtbeinige Echsen klammern sich daran, krabbeln über den Asphalt oder die Hauswände. Wesen mit zahllosen Flügeln schwirren vorbei. Für Rita sehen sie aus wie eine Mischung aus Libellen und Tausendfüßlern.

„Macht dir der Anblick Angst?", will Sapiin wissen.

„Nein. Das Leben da draußen kommt mir bekannt vor, auch wenn ich mich an wenig erinnere."

„Möchtest du rausgehen?"

Rita berührt die Scheibe, ihre Finger zittern. „Ja", antwortet sie. „Kann ich es?"

Er geht zu dem Schreibtisch an der Wand neben dem Bett. Darauf steht ein hölzernes, quadratisches Kästchen. Als er mit dem Zeigefinger darauf deutet, schwebt es zu Rita.

„Wie machst du das?", fragt sie. Der Moment kommt ihr bekannt vor an, als hätte sie ihn schon mal erlebt.

„Du wirst noch viel über mich erfahren. Jetzt öffne das Kästchen."

Mit der rechten Hand greift sie es und nimmt mit der anderen den Deckel ab. Darin ist eine Pusteblume. „Was soll das?"

„Berühre sie", antwortet Sapiin.

Rita bewegt das Kästchen nach unten und wirft es aufs Bett. Der Eindringling schwebt vor ihr. Langsam führt sie ihren Zeigefinger heran.

Sapiin lächelt und nickt ihr aufmuntert zu.

Die Haut ihrer Fingerkuppe kribbelt, als sie die Pusteblume damit steift.

„Sieht so aus, als wärst du bereit", sagt Sapiin. „Sieh dir die Welt an!"

Bevor Rita etwas antworten kann, verformt sich seine Erscheinung wieder zu einer leuchtenden Kugel. Kurz danach verblasst sie und verschwindet.

Sie setzt sich aufs Bett und betrachtet das hölzerne Kästchen. Es kommt ihr bekannt vor, genauso die Suite. Wieder denkt sie an den Moment auf der Straße. Diesmal erinnert sie sich an den Namen des jungen Mannes. Yukon. Hat sie ihn so genannt? Wo ist er jetzt? Sie hatten sich verhüllt, als Schutz vor den Eindringlingen. Warum?

In Gedanken lässt sie die Zeit rückwärts laufen, sieht sich selbst und Yukon, wie sie sich auf einem Fahrrad von der Stadt entfernen. Bis das Bild in dem Nebel verschwindet, der ihre Vergangenheit verhüllt. Auch erinnert sie sich nicht, wie sie in dieses Zimmer gekommen ist.

Vielleicht finde ich draußen Antworten, denkt sie und verlässt den Raum. Die Deckenbeleuchtung im Hotelflur ist an. Auf dem Weg zum Treppenhaus kommt sie an einem Aufzug vorbei und fährt damit nach kurzem Überlegen nach unten. Wenig später betritt sie das Foyer, auch hier ist niemand zu sehen. In der Mitte der gläsernen Frontfassade befindet sich eine Drehtür. Rita blickt nach draußen. Ist es ihre Welt? Oder ist sie genauso ein Eindringling?

Eines der echsenartigen Geschöpfe kommt näher an die Scheibe und betrachtet sie. Nach einer Weile wendet es sich ab, klettert auf einen Baum und reißt mit dem Maul einen Ast ab. Dann trinkt es von der herauslaufenden Flüssigkeit, die auf dem Boden eine Pfütze bildet. Erwächst auch hieraus wieder etwas?, überlegt Rita. Sind es deswegen so viele Gewächse, dass der Himmel kaum zu sehen ist?

Während sie tief Luft holt, erinnert sie sich, dass es auf der Straße mit Yukon kaum noch möglich war, zu atmen. Warum ist es jetzt anders? *Sieh dir die Welt an*, waren Sapiins Worte. Sie geht zur Drehtür und verlässt das Hotel.

Die achtbeinigen Kreaturen beachten sie nicht, als sie den Bürgersteig betritt. Auf manchen Bäumen sitzen im Geäst die libellenähnlichen Wesen. Auch sie reißen kleine Zweige ab und trinken den dickflüssigen Saft.

Im Pyjama geht Rita durch die Straßen. Ihr ist nicht kalt, die Gewächse geben eine angenehme Wärme ab. Zwischen ihnen werden die Pusteblumen von der Sonne erhellt. Als sie sich dem Ende der Innenstadt nähert, sieht sie in einem kleineren Gebäude ein Café. Davor stehen Tische und Stühle, genau wie die Straßen und Bürgersteige sind sie von rotem Staub bedeckt. Dennoch setzt sie sich und stellt sich die Personen aus ihrem Traum auf den anderen Plätzen vor. Ein Mann in ihrem Alter. Ein Junge. Die Frau mit den rötlichen Locken. Ein Gitarrenspieler. Zwei ältere Männer. Außerdem jemand in einem Clownskostüm. Und Yukon. Als er lächelt, sieht sie seine verstümmelte Zunge.

„Karen", flüstert Rita und betrachtet in Gedanken die Frau.

Bilder von einem Feuer kommen hervor, als sich der Nebel in ihrem Kopf etwas zurückzieht und Erinnerungen freigibt. Sie ist mit Karen nachts durch den Wald gegangen und hat mit ihr in einem Haus übernachtet. Am nächsten Tag näherten sie sich einem Dorf, aber es liegt hinter einer grauen Wand. So sehr sie sich auch bemüht, mehr kann sie im Moment nicht hervorholen.

Erneut blickt Rita von einem zum anderen, aber der Versuch sich zu erinnern strengt sie zu sehr an. Für einen Moment schließt sie die Augen. Dann steht sie auf und geht weiter, bis sie am Rand des Stadtzentrums ein mehrstöckiges

Bürogebäude erreicht. Durch eine der zerbrochenen Scheiben im Erdgeschoss klettert sie hinein. In dem Raum dahinter ist ein Baum gewachsen. Die Äste haben sich unter der Decke ausgebreitet, als wollten sie diese stützen.

Sie verlässt das Zimmer und sucht in den verlassenen Fluren nach dem Treppenhaus. Als sie es gefunden hat, folgt sie den Stufen bis zur obersten Etage und betrachtet aus dem Fenster eines Büros die Umgebung. Auch die Vororte sind von roten Bäumen durchdrungen. Weiter entfernt sieht sie auf einer freien Fläche ein gläsernes Gebäude. Für Rita sieht es aus wie ein riesiges Gewächshaus mit hell erleuchtetem Innenraum. Eine Weile betrachtet sie es, kann sich aber nicht erinnern, es schon mal gesehen zu haben. Erschöpft von den vielen Eindrücken geht sie wieder runter und macht sich auf den Rückweg zum Hotel.

„Sapiin?", ruft Rita, als sie die Lobby des Hotelhochhauses betritt.

„Komm in die Lounge auf der ersten Etage", antwortet er.

Sie blickt sich um, aber er ist nirgendwo zu sehen. Neben den Aufzügen ist der Zugang zum Treppenhaus, sie geht ein Stockwerk nach oben und folgt dem Flur zu einer geschlossenen Doppeltür. Darüber ist ein goldenes Schild angebracht mit der Aufschrift *Piano Lounge*. Als sie hindurchgeht, erklingt Klaviermusik. Ein langsames Stück, das sie nicht kennt.

Die Außenwand des großen Raums besteht aus Panoramafenstern. In der hinteren Ecke steht ein Flügel. Über den Tasten schwebt ein blau leuchtender Streifen aus Licht. Anscheinend spielt er das Lied, vermutet Rita.

Sapiin sitzt an einem der runden Tische, wieder in der schimmernden Gestalt des alten Mannes in Robe.

Zögernd setzt sie sich zu ihm. Auf dem Tisch steht ein Glas Wasser, außerdem ein Teller mit rötlichem, gebratenem Fleisch. Daneben liegt eine Gabel auf einer Serviette.

„Hast du Hunger?", fragt Sapiin.

„Ein wenig", antwortet sie und nimmt das Besteck. „Was ist das?"

„So viele Lebewesen gibt es nicht in dieser Welt, aber sie entwickelt sich noch. Probier es!"

Rita führt ein Stück in den Mund. Der Geschmack erinnert sie an Salami. Schon nach kurzem Kauen verflüssigt es sich und sie schluckt es runter.

„Gar nicht schlecht", sagt sie und isst weiter. „Warum erinnere ich mich an kaum etwas? Alles hier scheint mir vertraut und doch fremd."

„Ich habe dich vor der Stadt gefunden und geholfen, soweit ich es konnte. Hab Geduld, es wird alles zurückkommen."

„Ein Mann war bei mir. Yukon. Konntest du auch ihn retten?"

„Er erholt sich noch."

Sie blickt zu dem Klavier. „Spielst du diese Melodie?"

„Ja. Gefällt sie dir?"

„Klingt gut. Ich habe mal in einer Band gespielt, glaube ich und -" Für einen Moment verschwimmt ihre Sicht und sie hält sich am Tisch fest. „Ich gehe besser nach oben und lege mich hin."

„In Ordnung."

„Warum ist mein Zimmer auf der letzten Etage?", fragt sie und steht auf.

„Ich habe dir die schönste Suite gegeben. Gute Nacht!"

Nicht allein

Neben ihr auf der Bank sitzt ein junger Mann. Auch ihn hat sie in ihrem Traum am Ufer gesehen, nachdem sie aufgetaucht ist. Vor ihnen auf der Wasseroberfläche des Flusses schimmert die Reflexion der Abendsonne.

„Wer bist du?", fragt Rita.

„Marc. Erkennst du mich nicht mehr?"

„Ich habe dich schon mal gesehen, in einem anderen Traum."

„Und in einem anderen Leben. Wir waren mal ein Paar, bevor die Welt begonnen hat sich zu verändern." Er lehnt sich zu ihr und nähert sich ihren Lippen.

Sie weicht zurück und betrachtet ihn eine Weile. Dann beugt sie sich vor und küsst ihn, genießt seine Wärme, bis sich ein säuerlicher Geschmack in ihrem Mund ausbreitet. Ruckartig drückt sie ihn von sich weg.

„Du bist kein Teil dieser Welt!", sagt sie.

„Nein." Seine Augen werden glasig. „Nicht mehr. Ich hatte nicht so viel Glück wie du. Aber vielleicht kann ich es werden, irgendwann." Er steht auf und geht zum Fluss. „Pass auf dich auf. Ohne dich geht es nicht."

Bevor Rita antworten kann, springt er ins Wasser und verschwindet in der Tiefe.

***

Sie öffnet die Augen. Im seidenen Pyjama liegt sie unter der Bettdecke. Das Licht der Pusteblumen dringt durch die Fenster der Suite. Am Himmel schwebt der Halbmond, kaum zu erkennen hinter dem rötlichen Leuchten.

Rita schaltet die Nachttischlampe ein, steht auf und nimmt ein Stück Fleisch von dem Teller auf dem Schreibtisch. Dann blickt sie hinaus in die Nacht. Die Welt kommt ihr wie ein Kunstwerk vor. Die durch die Luft schwebenden Eindringlinge. Genauso die Bäume und Kreaturen, die ebenfalls Licht ausstrahlen. Umgeben von einer aus dunklen Wolkenkratzern bestehenden Kulisse, die mal vom lebhaften Treiben der Menschen geprägt war.

Nach einer Weile geht im Hochhaus gegenüber auf der obersten Etage Licht an. Eine Silhouette tritt in den hellen Schein hinter einem Fenster. Rita bekommt Gänsehaut. Sieht die Person auch in ihre Richtung und fragt sich, wer dort ist? Sie legt eine Hand an die Scheibe, möchte den Fremden erreichen, irgendwie. Dann wendet er sich ab, scheint sie nicht bemerkt zu haben. In dem Zimmer wird es wieder dunkel.

Für einen Moment überlegt sie, loszulaufen und nachzusehen, wer dort ist. Aber ihre Beine zittern. Die Welt wirkt vertraut, gleichzeitig kommt sie sich hilflos vor und weiß nicht, welchen Platz sie darin hat. Erschöpft legt sie sich wieder ins Bett und schaltet die Nachttischlampe aus.

Als sie am nächsten Morgen aufwacht, fühlt sie sich ausgeruht. Bilder von Karen und Yukon, gemeinsame Erlebnisse, werden deutlicher in ihren Gedanken. Auch Erinnerungen an Marc kommen hervor. Wie sie durch den Wald gewandert sind, bis zu einer Lichtung. Etwas breitete sich am Himmel aus, riesige Ballons, die den Tag verdunkelten.

Sie steht auf, geht ins Bad und betrachtet sich im Spiegel. Ihre schwarzen Haare sind nur wenige Zentimeter lang. Gingen sie ihr nicht bis zu den Schultern, als sie mit Yukon auf der Straße war? Nachdem sie den Pyjama abgelegt hat, steigt sie in die Duschkabine und freut sich, das warme Wasser zu spüren. Ist das alles Sapiins Werk?, fragt sie sich, während sie Haut und Haare mit dem Duschgel einseift, das auf der Ablage liegt. Oder gibt es genügend Überlebende, um die Welt wieder in Gang zu setzen?

Nach einer langen Dusche zieht Rita den Bademantel über, der an einem Haken an der Wand hängt. Mit einem der Handtücher daneben trocknet sie ihre Haare und geht zurück ins Zimmer. Sie öffnet den Schrank und findet Kleidungsstücke, die ihr zum Teil bekannt vorkommen. Manche Sachen sind etwas größer, wie ein weiterer seidener Pyjama oder ein Mantel. Vielleicht gehören sie der vorherigen Bewohnerin der Suite?, überlegt sie, dann nimmt sie eine Jeans und ein weißes T-Shirt. In einer Schublade findet sie ihre Unterwäsche und Socken. Unten steht neben den Wanderschuhen ihr Rucksack, aber er ist leer.

Nachdem sie sich angezogen und das restliche Fleisch gegessen hat, blickt sie aus dem Fenster. Im Gebäude gegenüber entdeckt sie kein Lebenszeichen. Kein Licht, keine Bewegung. Aber jemand war da letzte Nacht. Sie trinkt etwas Wasser am Waschbecken im Bad, verlässt die Suite und fährt mit dem Aufzug nach unten.

Auch im Hochhaus auf der anderen Straßenseite funktioniert der Strom. Die Glastür des Haupteingangs fährt zur Seite, als Rita davor tritt. Ihre Schritte in den Wanderschuhen hallen durch die Lobby während sie zu den Aufzügen geht.. Neben ihnen steht eine anthrazitfarbene Tafel, darauf steht in weißer Schrift eine Übersicht der Firmen im Gebäude. Anwaltskanzleien, Arztpraxen, ein Physiotherapiebereich über zwei Etagen. Eigentumswohnungen in den oberen Stockwerken.

Sie drückt auf den Rufknopf, kurz danach geht eine der Aufzugtüren auf und sie betritt die Kabine. Auf der obersten Etage angekommen geht sie zu dem Bereich, in dem sie das beleuchtete Fenster vermutet und drückt die Klinken. Eine Tür ist unverschlossen. Nachdem sie einen Moment gelauscht hat, tritt sie ein.

Die Wohnung dahinter ist dunkel, nur durch einen Spalt am Ende des Flurs kommt etwas Licht. Rita nähert sich und hört dumpfe Geräusche, als würde jemand auf eine Oberfläche klopfen. Nachdem sie tief durchgeatmet hat, öffnet sie die Tür und blickt in ein geräumiges Wohnzimmer. Die Deckenbeleuchtung ist an, Staub schwebt durch die Luft. Vor einem der Fenster steht ein Mann mit kurzen blonden Haaren und tippt mit dem Zeigefinger gegen die Scheibe.

Obwohl sie ihn nur von hinten sieht, glaubt Rita ihn zu erkennen. „Yukon?", fragt sie.

Das Klopfen stoppt. Eine Weile verharrt der Mann regungslos, dann dreht er sich um. „Rita? Bist du es?"

Sie geht einen Schritt auf ihn zu. „Deine Zunge", sagt sie.

Er greift sich an den Mund. „Sapiin hat sie geheilt, irgendwie. An was erinnerst du dich?"

„An nicht viel, aber manches kommt zurück. Wir waren auf der Straße, hatten die Stadt fast erreicht. Aber wir konnten kaum noch atmen, die Kreaturen kamen auf uns zu. Damals wirkten sie fremd, aber jetzt nicht mehr."

„Jemand kam zu uns, eine blau leuchtende Gestalt."

„Ja", sagt Rita. „Sapiin. Er hat uns gerettet."

„Hat er das? Was sind wir nun?"

„Ich … weiß es nicht." Sie setzt sich auf die Couch. Auf dem Tisch davor steht ein Teller mit Fleisch, daneben eine Karaffe mit Wasser. „Darf ich?"

„Ja", antwortet Yukon und kommt neben sie.

Rita isst einige Stücke und trinkt. „Er hat uns zu einem Teil dieser Welt gemacht, irgendwie. Ich habe etwas gesehen, außerhalb der Stadt. Es sah aus wie ein riesiges Gewächshaus."

„Ich habe mich bisher nicht nach draußen getraut."

„Dann gehen wir zusammen hin. Irgendetwas ist dort, ich möchte es sehen."

Yukon blickt vor sich auf den Teppich, dann sieht er sie an. „Bleibst du wieder bei mir?"

„Ja."

Rita greift Yukons Hand, als sie sein Zögern bemerkt. „Komm", sagt sie und verlässt mit ihm das Gebäude.

„So viele Bäume", sagt er, als sie durch die Straßen zum Stadtrand gehen. „Wie viel Zeit ist vergangen?"

„Weiß nicht. Vielleicht finden wir in dem Gewächshaus Antworten. Warum hast du in der Wohnung an die Scheibe getippt?"

Er überlegt eine Weile. „Früher habe ich das oft gemacht. Wenn ich Kontakt zur Welt außerhalb meines Zimmers aufnehmen wollte. Etwas anderes fiel mir nicht ein."

„Tut mir leid. Jetzt bist du frei."

„Hoffentlich. Wenn ich noch derjenige von damals bin."

Sie erreichen das Gebäude, von dem aus Rita die gläserne Konstruktion gesehen hat. Durch einen Vorort gehen sie in diese Richtung. Niemand ist zu sehen, nur die Echsen und libellenähnlichen Kreaturen. Ab und zu schwirren welche an ihnen vorbei.

„Sind wir die einzigen Menschen?", will Yukon wissen.

„Vermutlich wird Sapiin die Antwort kennen, irgendwann können wir ihn fragen."

Die Umgebung betrachtend gehen sie weiter, bis sie am Rand der Siedlung das Gewächshaus auf einer von rotem Staub bedeckten Fläche sehen. Als sie es erreichen, schätzt Rita seine Höhe auf fast zehn Meter. Sie öffnet die Eingangstür und geht mit Yukon hinein. Wie Torbögen schimmern an der Innenwand leuchtende Linien im Abstand von mehreren Metern. Ihre Helligkeit blendet sie, nur langsam gewöhnt sie sich daran.

„Was ist das hier?" Yukon greift Ritas Hand.

Nicht weit vom Eingang entfernt stehen gläserne Röhren. Eine Reihe nach der anderen, bis zum Ende der Halle. Darin treiben Menschen in einem dickflüssigen Gel auf und ab. Die Augen sind geschlossen, manchmal zucken sie. Über Mund und Nase ist eine Maske befestigt, von der aus ein Schlauch in den Boden führt.

„Mein Gott!", sagt Rita.

Yukon geht zu einem der Behältnisse, legt eine Hand an die Scheibe und tippt mit dem Zeigefinger dagegen. Ein älterer Mann befindet sich dahinter.

Rita tritt neben Yukon. „Er erschafft die Menschen neu."

„Sind wir genauso entstanden? Als Sapiins Schöpfung?"

„Wahrscheinlich. Aber ich bin noch immer Rita, mit einer Vergangenheit, meinen Erinnerungen und -"

„Nein!", schreit Yukon. „Rita ist tot. Ich bin tot. Unsere Welt existiert nicht mehr!"

Er spuckt gegen die Scheibe, dreht sich um und läuft nach draußen.

„Warte!", ruft Rita und folgt ihm.

Sie rennt ihm hinterher, über die staubbedeckte Fläche, durch den Vorort. Aber er ist zu schnell, immer weiter entfernt er sich, bis sie ihn aus den Augen verliert. Für einen Moment bleibt sie stehen und holt keuchend Luft. Dann läuft sie weiter und erreicht mit zitternden Beinen das Hochhaus, in dem sie ihn gefunden hat.

Nirgendwo sieht sie ihn. So schnell sie kann eilt sie durch das Foyer, fährt mit dem Aufzug nach oben und betritt seine Wohnung durch die offenstehende Tür. Schon bevor sie das Wohnzimmer betritt, erblickt sie ihn. Er liegt auf dem Boden, Blut läuft aus dem Mund. Vor ihm liegt ein gezacktes Küchenmesser. Daneben seine Zunge.

Rita sinkt auf die Knie und hält sich die Hände vor den Mund. Die Kraft verlässt sie, auf allen Vieren krabbelt sie zu ihm. „Yukon", flüstert sie.

Langsam öffnet er die Augen und betrachtet sie. Immer wieder zuckt sein Körper.

„Es tut mir leid." Weinend nimmt sie seine Hand.

Er lächelt kurz. „Hilf mir, ur och eimal."

„Ja", antwortet Rita und küsst ihn auf die Wange. „Du musst nicht mehr leiden. Danke, dass ich dich kennen durfte."

Sie steht auf, holt ein Kissen aus dem Schlafzimmer und drückt es auf sein Gesicht. Die Tränen laufen ihre Wangen hinab, als Yukons Körper still wird. Zusammengekauert, die Knie an die Brust gezogen, summt sie das Lied, das Sapiin auf dem Klavier gespielt hat. Bis sie irgendwann seine Stimme hört.

„Komm zurück. Ich warte in der Piano Lounge."

Zum Anfang

Sapiin sitzt am Klavier, als Rita die Lounge betritt. Diesmal in der blau schimmernden Erscheinung eines Jungen, der mit geschlossenen Augen ein Lied spielt. Die Melodie erinnert Rita an *Scarborough Fair*.

„Die Menschen hatten einen starken Drang, Schönes zu erschaffen", sagt er. „Zum Beispiel die Musik. Gleichzeitig zerstörten sie, wenn etwas ihren Zielen im Weg war."

„Und was sind deine Ziele?", will Rita wissen und setzt sich an einen Tisch. „Wer bist du?"

„Seit Beginn der Zeit gibt es beides, Erschaffung und Zerstörung. Mein Volk und ich versuchen der Vernichtung entgegenzuwirken, aber nicht immer gelingt es uns." Er hört auf zu spielen und blickt sie an. „Ich zeige dir etwas."

Nachdem er aufgestanden ist, führt er vor sich die Hände zusammen, dann streckt er die Arme zur Seite. Ein leuchtendes Bild entsteht in der Mitte des Raums. Ab und zu flimmert es wie ein nicht richtig eingestellter Fernsehsender. Es zeigt die Erde. Nach einigen Sekunden entfernt es sich von dem Planeten. Immer schneller rast es durch die Tiefen des Weltalls, vorbei am Mars und anderen Himmelskörpern, bis nur noch flackernde Linien in verschiedenen Farben zu sehen sind.

„Wohin führt das?", flüstert Rita.

„Wir sind gleich da."

Nach einer Weile werden die Linien wieder zu Punkten, zu Sternen in einem weit entfernten Teil des Universums. Bis das Bild an einem dunkelroten Planeten zum Stehen kommt. Die Farbe erinnert Rita an ein Krebsgeschwür. Seine Größe pulsiert wie ein langsam schlagendes Herz. Dann blitzt er hell auf, zieht sich zusammen und schnellt auf die vorherige Größe zurück. Leuchtende Kugeln verlassen die Oberfläche und strömen in alle Richtungen davon.

„Ist das der Ursprung?", fragt Rita. „Der Eindringlinge?"

„Ja." Sapiin setzt sich wieder auf die hölzerne Bank vor dem Klavier.

„Kann es noch aufgehalten werden?", fragt sie, als das Bild verblasst.

„Nein, die Transformation deiner Welt ist zu weit fortgeschritten. Aber in den Behältnissen auf dem Feld vor der Stadt befinden sich eintausend neu erschaffene Menschen."

Ritas Augen werden glasig. „Wie ist das möglich?"

„Eure DNA befindet sich in den Bäumen. Ich habe sie modifiziert, damit ihr in der geänderten Atmosphäre leben könnt. Mit dir und Yukon hat es funktioniert, auch wenn ich mehrere Versuche gebraucht habe. Die Entscheidung, sie zum

Leben zu erwecken, überlasse ich dir. Nicht mehr lange und ich kehre zurück zu meinem Ursprung."

„Und dann?"

„Seid ihr auf euch alleine gestellt. Den Strom, das fließende Wasser, werde ich dann nicht mehr aufrechterhalten können. Schaffen könnt ihr es nur gemeinsam."

„Wie lange habe ich für die Entscheidung?", fragt Rita.

„Wir sprechen morgen früh wieder."

Sie blickt sich in der Lounge um, betrachtet die leeren Plätze. Kann tatsächlich wieder ein Leben mit anderen entstehen? Erinnerungen strömen auf sie ein, an Orte voller Menschen. Restaurants, Kinos, Fußgängerzonen.

„Kannst du etwas wie das Gewächshaus noch mal erschaffen, an einem anderen Ort? Zumindest für ein paar Menschen?"

„Ja. Wohin möchtest du?"

„Zurück zum Anfang", antwortet Rita.

***

Marc steht mit dem Rücken zu ihr vor den verbrannten Überresten der Pension. Noch könnte sie umkehren, aber sie nähert sich und tippt ihm auf die Schulter. Erschrocken dreht er sich um.

„Rita … Ich dachte, du wärst bei dem Feuer gestorben."

„Ich konnte entkommen, zusammen mit einer Frau. Ihr Name war Karen."

„Dann lebst du noch?"

„Nein. Mit der Hilfe von Freunden bin ich weit gekommen, bis zur Hauptstadt.

Aber dort war auch mein Weg zu Ende.“

„Wessen Traum ist das hier dann?“

„Aus Rita ist ein Baum erwachsen. Jemand mit dem Namen Sapiin hat mich daraus erschaffen, mir ein zweites Leben geschenkt. Vielleicht kannst auch du diesen Weg gehen.“

„Ich weiß nicht, ob ich das möchte.“

Rita streicht ihm über die Wange. „Wir könnten wieder zusammen sein. Überleg es dir!“

***

Sie erreicht das Gewächshaus auf dem Feld aus rotem Staub. Sapiin schwebt als leuchtende Kugel neben ihr. Als Rita stehen bleibt, nimmt er die Form des alten Mannes in Robe an.

„Hast du dich entschieden?“, fragt er.

Eine Weile betrachtet sie durch die Glaswand die Behältnisse mit den erschaffenen Menschen. Ein kleines Mädchen. Eine alte Frau mit grauen Haaren. Ein Jugendlicher mit kräftigem Körperbau.

„Ich habe nicht das Recht, für sie zu entscheiden. Erwecke sie zum Leben, sie werden selbst beurteilen, ob sie in dieser Welt existieren wollen. Und können.“

„In Ordnung“, antwortet Sapiin und betritt gefolgt von Rita das Gewächshaus.

Drinnen reibt er die Handflächen aneinander. Bläuliche Lichtpunkte strömen hervor und formen eine kleine Wolke. Sie schwebt zu den gläsernen Röhren und durch sie hindurch. Die gelartige Flüssigkeit darin beginnt sich aufzulösen, bis die

Körper auf den Boden sinken. Danach fahren die gläsernen Wände um sie herum in den Boden.

Rita geht zu dem Mädchen, das sie zuvor von draußen gesehen hat und kniet sich vor ihr hin. „Wann werden sie aufwachen?"

„Bei dir hat es fast zwei Stunden gedauert. Ich bringe sie sicher im Hotel unter."

Er streckt die Hand aus und bewegt sie nach oben. Die bereits befreiten Menschen werden in die Luft gehoben und verharren dort schwebend.

Vorsichtig streicht sie dem Kind die Haare aus dem Gesicht und steht auf. „Ich mache mich auf den Weg."

„Bist du sicher? Du könntest hierbleiben und ihnen die Welt zeigen."

„Ich glaube nicht, dass ich hier eine große Hilfe wäre. Andere haben genauso ein Recht auf ein zweites Leben. Treffe ich dich an der Pension?"

„Ja."

Rita schlägt die Scheibe eines Fahrradgeschäfts mit einem Wagenheber ein, den sie in einem offenstehenden Kleinbus auf der anderen Straßenseite gefunden hat. Nachdem sie die Splitter im unteren Rahmen entfernt hat, klettert sie hinein. Aus einem Regal nimmt sie eine Luftpumpe, füllt damit die Reifen eines Mountainbikes und trägt es hinaus.

Nach einem Blick zurück zu den Hochhäusern schnallt sie den Rucksack enger, steigt auf und macht sich auf den Weg nach Süden. Die Bäume schützen sie vor dem Wind und spenden Wärme, dennoch spürt sie den beginnenden Winter. Ohne anzuhalten fährt sie durch die Siedlung, in der sie fast vergewaltigt worden wäre. Yukons schnelles Handeln und sein Mut haben sie gerettet. Sie erinnert sich, wie sie stumm nebeneinandergesessen und dem Angreifer beim Sterben zugesehen haben.

Die echsenartigen Kreaturen blicken ihr hinterher, als sie weiter der Landstraße folgt. Als das grüne Schild der Forschungsstation in Sicht kommt, biegt sie auf die Zufahrtsstraße und hält vor dem Haupteingang. Wieder erscheinen Bilder in ihren Gedanken. Wie sie das erste Mal hier angekommen ist, kurz nachdem sie Karen verloren hat. Und aufgeben wollte, als sie hier niemanden vorgefunden hat. Bis Jonas ihr die Tür geöffnet hat. Wie viel Zeit ist seitdem vergangen?

Rita steigt ab, lehnt das Fahrrad an die Hauswand und geht zur Seite des Gebäudes. Ihre Augen werden glasig, als sie ganz oben Kerzenschein hinter einem Fenster sieht.

Die Eingangstür ist unverschlossen. Ihre Hände zittern, sie spürt den Hunger, die Erschöpfung und geht zu einem Baum. Die Echsen beobachten sie, als sie sich streckt und einen kleinen Ast abreist. Eins der libellenartigen Wesen fliegt davon. Sie hält die Handflächen aneinander und lässt den hervortretenden roten Saft hineinfließen. Dann trinkt sie. Zuerst nur wenig, bis sich der süßliche Geschmack in ihrem Mund ausbreitet und neue Energie durch ihren Körper strömt.

Nachdem sie ihren Durst gestillt hat, tritt sie ganz nah an eine der achtbeinigen Kreaturen heran, Einige Sekunden blickt sie ihr in die Augen, dann streckt sie einen Arm aus, bis das Wesen darüber auf ihre Schulter krabbelt.

Rita betritt die Eingangshalle, lässt die Echse auf den Empfangstresen klettern und nimmt den Rucksack ab. Dann holt sie daraus das Schweizer Taschenmesser hervor und fährt eine Klinge aus. Wieder betrachtet sie die

Kreatur, bis diese die Augen schließt und den Kopf senkt. Mit einer schnellen

Bewegung sticht ihre Rita in den Hals, bewegt das Messer ruckartig hin und her.

Das Blut verteilt sich auf der glatten Marmoroberfläche. Nach einer Weile hören

die Zuckungen auf. Sie dreht das tote Geschöpf auf den Rücken und schneidet

den Bauch auf. Sie braucht Fleisch.

Mit dem Ärmel ihrer Jacke wischt sie sich das Blut vom Mund, schnallt den

Rucksack um und setzt sich auf die Couch im Wartebereich der Lobby. Für einen

Moment schließt sie die Augen. Sie fühlt sich, als hätte sie mehrere Tassen

Kaffee hintereinander getrunken und Süßigkeiten gegessen. Ihr ganzer Körper ist

in Aufruhr.

Als sie die Lider öffnet, blickt sie durch die Eingangstür nach draußen zu den

Bäumen. Welche Welt entsteht hier?, fragt sie sich. Wie wird sie in mehreren

Jahren aussehen? Dann denkt sie an Jonas, steht auf und macht sich auf den

Weg zur obersten Etage.

Im Büro mit dem Fernglas findet sie ihn. Er sitzt an die Wand gelehnt und zuckt

zusammen, als sie den Raum betritt. Sein Gesicht, der Körper, sind abgemagert

und kraftlos. Für einen Moment sieht er zu ihr auf, dann sinkt sein Kopf wieder

auf die Brust. Neben ihm liegen zahllose leere Konservendosen und

Wasserflaschen.

„Rita?", fragt er kaum hörbar.

„Ja." Sie stellt den Rucksack auf den Schreibtisch und setzt sich neben ihn.

Er deutet ein Lächeln an. „Zum Glück hatten wir einen gut gefüllten

Vorratsraum. Oder hätte ich besser sterben sollen?“

Sie legt eine Hand an seine Wange. „Sag das nicht. Ich bin froh, dich wiederzusehen. Wie viel Zeit ist vergangen, seit ich weg bin?“

„Vielleicht … Ein Monat? Du hast dich verändert.“

„Ich weiß.“

„Eine neue Welt entsteht. Ich möchte kein Teil von ihr werden.“

„Vielleicht muss du sie nur kennenlernen.“

„Nein“, meint er und schüttelt den Kopf. „Sieh durch das Fernglas.“

Zögernd steht Rita auf und blickt hindurch. Es ist auf einen See gerichtet. Dort erkennt sie nicht nur Echsen und libellenähnliche Wesen. Dunkelrote Kugeln schwimmen im Wasser, ragen zur Hälfte über die Oberfläche. Als sie genauer hinsieht, erkennt sie Gesichtszüge. Missgestaltete Nasen, Münder und Ohren. Eine der fliegenden Kreaturen schwirrt darüber und landet. Als sie in den sich öffnenden Mund krabbelt, schließt er sich wieder und zerteilt das Wesen.

„Ich werde kein Teil dieses Albtraums“, sagt Jonas hinter ihr.

„Wenn du neu erschaffen wurdest, wirst du -“

„Hör auf!“, krächzt er. „Wenn noch etwas von der Person übrig ist, die ich mal kannte, dann hilfst du mir.“ Stöhnend schließt er die Augen und lehnt den Kopf an die Wand.

Mehrmals blickt Rita zwischen ihm und dem Fernglas hin und her. Denkt dabei an Yukon, der sein zweites Leben nicht wollte, es selbst beendet hat. Dann greift sie in die Hosentasche und holt das Taschenmesser hervor. Bevor sie zu Jonas geht, pustet sie das Teelicht auf der Fensterbank aus.

***

Wieder steht sie vor der Ruine der Pension. Sie spürt Marcs Nähe, sieht ihn aber nirgendwo. Als sie sich abwenden und woanders suchen will, hört sie seine Stimme.

„Rita." Ein leises, trockenes Flüstern, als hätte er einen wunden Hals.

Es kommt von weiter hinten. Rita wird klar, wo er sich befindet. Sie geht zu dem Baum, der aus ihm erwachsen ist. Die Asche knirscht unter ihren Wanderschuhen. Als sie vor ihm steht, hält sie sich die Hände vor den Mund und schluchzt. Sein Gesicht, die markanten Züge, ragen aus der Rinde hervor. Für einen Moment glaubt sie, dass er lächelt.

„Auch so bin ich ein Teil dieser Welt", sagt er, das Knarzen kaum als Stimme erkennbar.

„Ich möchte noch einmal bei dir sein, als Mensch. Dich umarmen, deine Nähe spüren." Ritas Augen werden glasig.

„Sind wir noch Menschen?"

„Ein Teil von uns wird es immer bleiben, glaube ich." Sie streckt einen Arm aus und berührt seinen Mund.

„Aber es ist auch meine Entscheidung."

Sie spürt die Härte, aber auch die Wärme seiner Lippen und schließt die Augen. „Du kannst sie treffen, wenn dein zweites Leben begonnen hat. Ich möchte -" Sie schreit auf, als Schmerz ihren Arm, den ganzen Körper durchströmt.

Scharfe Zähne graben sich in ihr Handgelenk. Marcs Augen leuchten rot auf, als er weiter zubeißt. „Meine Entscheidung", wiederholt er, nachdem er die Hand abgetrennt und ausgespuckt hat.

***

Schweißgebadet wacht Rita auf. Erst nach einer Weile erinnert sie sich, wo sie ist. Nachdem sie Jonas erlöst hat, ist sie in das Büro des Nachtwächters auf der ersten Etage gegangen und hat sich in das schmale Bett gelegt.

Die leuchtenden Pusteblumen vor dem Fenster tauchen den Raum in rotes Licht. Sie wirft die Decke zurück und blickt an sich herab. Verändert sich ihr Körper? Wird sie noch mehr ein Teil dieser Welt? Ihre Haut scheint heller zu werden, oder bildet sie es sich nur ein? Vielleicht können Sapiins neue Menschen nur eine begrenzte Zeit existieren, denkt sie und steht auf.

Nachdem sie sich angezogen hat, nimmt sie den Rucksack, stellt ihn dann aber wieder ab. Wofür braucht sie noch weitere Kleidung oder die restlichen Konservendosen? Sie nimmt die Plastiktüte heraus, die sie aus dem Hotel mitgenommen hat und und steckt sie in die Jackentasche. Dann verlässt sie den Raum, geht die Treppe hinunter und nach draußen, wo sie auf das Mountainbike steigt und durch die Nacht weiter nach Süden fährt.

Der Lastwagen des *Zirkus Magira* kommt in Sicht. Rita hält an seinem Ende und lehnt das Fahrrad dagegen. Das Zaubertor ist noch da, wo sie es verlassen hatte. Dahinter stehen zwei Bäume dicht beieinander. Karens Anziehsachen sind nicht mehr da, wahrscheinlich hat sie der Wind weggeweht. Sie kniet sich vor den Baum, der aus ihrer Freundin erwachsen ist. Aus der Hosentasche nimmt sie das Taschenmesser und schneidet etwas Rinde ab. Bevor sie es in der Plastiktüte verstaut, führt sie es zum Mund und küsst es.

„Vielleicht sehen wir uns wieder", sagt sie und blickt zu dem Gewächs hinter dem Tor.

Hat sie ein Recht, Madeleine ein zweites Leben zu verwehren?, fragt sich Rita. Dann entnimmt sie auch für die Frau, die sie kaum gekannt hat, ein Stück und macht sich wieder auf den Weg.

Bei Sonnenaufgang erreicht sie Lerchtal. Für einige Minuten bleibt sie vor der Reha-Klinik stehen und blickt von Fenster zu Fenster. Niemand ist dahinter zu sehen. Auch nicht hinter den Scheiben des Aufenthaltsraums, in dem sie mit Karen und Paul musiziert hat.

Sie fährt weiter durch die Straßen. Das Leben, das die Eindringlinge gesät haben, hat sich auch hier ausgebreitet. Als sie Pauls Musikladen erreicht, steigt sie ab und geht hinein, erinnert sich dabei an die Hoffnung, an die Karen und sie sich geklammert haben. Auch hier haben sie gespielt, zusammen mit Paul. Wie damals setzt sich Rita an das von Staub bedeckte Schlagzeug, nimmt die Sticks und beginnt mit dem Rhythmus von *Billy Jean*. Aber diesmal fühlt sie kaum etwas. Als würde sie einer Anleitung aus ihren Gedanken folgen, anstatt wie früher mit Leib und Seele dabei zu sein.

Nach der Hälfte des Liedes bricht sie ab und geht zu dem Spiegel, der neben einem Regal mit Gitarren hängt. Ihre Haut ist noch heller geworden und schimmert rötlich, genau wie die Augen. Sie muss mich beeilen, denkt sie, wenn sie bei einem Wiedersehen mit Marc noch etwas fühlen will. Bevor sie weiterfährt, nimmt sie das Taschenmesser und geht zu einer Echse an der Hauswand, um zu frühstücken.

Rita steht vor dem Tankstellengebäude und erinnert sich an Karens Worte, als drinnen die junge Frau gestorben ist. *So sollten wir nicht werden.* Corvin durfte wegen ihr nicht weiterleben, also hat Rita sie dafür bezahlen lassen.

Sie geht hinein und schneidet etwas Rinde von Corvins Baum ab. Dann blickt sie zu dem anderen Gewächs. War die junge Frau ein schlechter Mensch, der keine zweite Chance verdient hat? Sie hat eine Pusteblume für ihre Freundin gehalten und hereingelassen. Ohne über die Konsequenzen nachzudenken, aber war sie dazu überhaupt noch in der Lage?

Rita entnimmt auch von ihrem Gewächs ein Stück, verstaut es zusammen mit Corvins in der Plastiktüte und verlässt das Gebäude.

Sie fährt durch das Dorf, in dem sie Corvin kennengelernt hat und hält vor dem Haus von Doktor Lewis. Die Eingangstür ist geschlossen, aber nachdem sie daran gerüttelt hat, wird sie geöffnet. Der Arzt steht vor ihr, wie damals hat er zum Schutz einen Verband um den Kopf gewickelt.

Einen Moment blicken sie sich schweigend an, dann fragt er: „Rita?"

„Ja, ich … Es ist viel passiert. Darf ich reinkommen?

Er betrachtet sie weiter und geht einen Schritt zurück. „Was ist geschehen?"

„Ich bin bis zur Forschungsstation gekommen, aber die Wissenschaftler waren nicht mehr da. Dann bin ich weiter zur Hauptstadt und … gestorben. Ich weiß, es klingt verrückt! Aber jemand ist hier, eine fremde Macht, sie hat mich wiederbelebt und -"

„Verschwinden Sie, was immer Sie nun sind!", unterbricht Dr. Lewis. „Ich existiere nur noch, weil sich eine über achtzigjährige Patienten von mir ans Leben klammert und ich ihr helfe, so gut es geht. Und so lange ich noch Vorräte finde."

„Auch ich habe so lange gekämpft wie möglich, aber das frühere Leben ist vorbei. Es kann auch für Sie etwas Neues beginnen, wenn sie sich nicht mehr dagegen wehren."

„Ich werde kein Teil dieser Welt, wenn ich es irgendwie verhindern kann." Er schließt hinter sich die Tür und geht an ihr vorbei. „Verschwinden Sie!", wiederholt er.

Eine Weile sieht sie ihm hinterher, dann steigt sie aufs Rad und fährt weiter durchs Dorf. Vorbei an Corvins Haus. Was hat seine Entdeckung bewirkt, die Eindringlinge mit einer Nadel vernichten zu können? Auch deswegen hat sie den Weg zur Forschungsstation auf sich genommen, ist noch weiter gereist, nur um wieder hierhin zurückzukommen. Aber was wird nun aus ihr? Steckt dahinter ein Sinn, erfüllt sie wie alle anderen eine Aufgabe?

Als sie den bergauf führenden Weg erreicht, lässt sie das Mountainbike zurück und geht zu Fuß weiter. Wo früher ein grüner Wald war, hat sich das von den Eindringlingen gesäte Leben ausgebreitet.

Sie kommt zu dem Schild mit der Aufschrift *Hensson. Lars und Anna.* Hinter roten Bäumen sieht sie das Haus, in dem Yukon aufgewachsen ist. Wie auch immer er damals hieß.

Die Pension kann nicht mehr weit sein, denkt sie und eilt weiter. Als sie schon glaubt, die falsche Richtung eingeschlagen zu haben, erreicht sie die Fläche mit den verbrannten Überresten. Kaum zu erkennen unter dem roten Staub. Direkt dahinter steht ein Gewächshaus, deutlich kleiner als das bei der Hauptstadt. Rita geht näher heran und blickt hinein. Zehn gläserne Zylinder befinden sich darin.

Nicht weit entfernt stehen drei Bäume. Zögernd tritt sie vor den links stehenden, der aus Marc entstanden ist und rechnet damit, wie in ihrem Traum seine Gesichtszüge zu sehen. Aber nirgendwo findet sie seine Konturen. Nachdem sie von den drei Gewächsen etwas Rinde entnommen und in die Tüte gesteckt hat, hört sie Sapiins Stimme.

„Bist du sicher, dass du das möchtest?"

Sie dreht sich um. „Ja. Sie sind ein Bestandteil dieser Welt, also sollen sie auch selbst über ihre Zukunft entscheiden."

„In Ordnung. Lege die Teile ihrer Bäume vor die Behältnisse,"

„Wie lange wird es dauern?"

„Bei dir waren es zwei Wochen."

Rita blickt sich um. „Ich werde dann wieder hier sein."

Immer weiter streift sie durch den roten Wald, bis sie eine felsige Fläche erreicht. Ungefähr einen Kilometer entfernt entdeckt sie den See, den sie durch das Fernglas im Forschungszentrum gesehen hat. Auch von hier aus erkennt sie die schwimmenden Kreaturen als kleine Punkte.

Sie geht weiter, hinab ins Tal, bis sie das Gewässer erreicht. Eins der kugelähnlichen Geschöpfe treibt nah am Ufer. Rita kniet sich davor und betrachtet die missgestalteten Sinnesorgane. Lippen wie gezackte Linien, die sich ab und zu öffnen. Die rundliche Nase ist zur Seite geneigt, als hätte jemand dagegen geschlagen. Zuckend blicken die schmalen Augen von einer Richtung in die andere. Unter der Oberfläche sieht sie kleine Flossen.

Gibt es noch einen Unterschied?, fragt sich Rita. Das von den Eindringlingen erschaffene Leben nimmt menschliche Eigenschaften an. Und Sapiins neue Menschen vereinen sich mit den außerirdischen Invasoren. Ist es sein Ziel, so viel wie möglich der früher dominierenden Spezies der Erde zu erhalten

Nachdem sie sich hingesetzt hat, zieht sie sich aus und lässt sich in den See gleiten. Kaum spürt sie die Kälte des Wassers, als würde ihre veränderte Haut sie abhalten. Immer mehr Kreaturen schwimmen zu ihr, umgeben und stützen sie. Ohne Anstrengung treibt sie auf dem Rücken und betrachtet die über ihr schwebenden Pusteblumen. Dabei denkt sie an diejenigen, die von Sapiin neu erschaffen werden. Karen, Madeleine, Corvin, die junge Frau aus der Tankstelle. Marc und das junge Paar aus dem Nachbarzimmer der Pension, das sie kaum kennengelernt hatte. Auch sie haben noch einen Platz in dieser Welt, denkt sie und schließt die Augen.

Manchmal landet etwas auf ihrem Mund und sie beißt zu. Es ist so viel einfacher, nur ein Teil dieser Welt zu sein, alles einfach zu akzeptieren, ohne Pläne und Anstrengungen. Ihr Bewusstsein, die Erinnerungen entgleiten ihr. Bilder von Marc und den anderen entfernen sich, nicht mehr lange und sie wird sie nicht mehr zurückholen können.

Als sie sich kaum noch ihrer selbst bewusst ist, nähert sich ein blaues Licht.

Blinzelnd öffnet sie die Lider. Eine leuchtende Kugel schwebt über dem See. Sie hat die Erscheinung schon mal gesehen. Ein Wesen mit einen Namen.

„Rita", sagt es. „Es ist soweit."

Rita. Ihr Name. Sie hat ihn fast verloren, während sie von der neuen Welt absorbiert wurde. Aber sie ist noch immer Rita und beginnt, mit den Armen zu rudern, die Geschöpfe um sie herum wegzustoßen. Fast wäre sie unter Wasser getaucht, aber sie schafft es, an Land zu schwimmen.

In ihren Gedanken greift sie nach den Menschen, an die sie sich erinnert und holt sie wieder zu sich. Sie wurden neu erschaffen, wenn es stimmt, was Sapiin sagt.

„Hat es funktioniert?", fragt sie, als sie an Land klettert und sich anzieht.

„Ja", antwortet er und nimmt die Gestalt des Kindes an, die sie aus der Piano Lounge kennt. „Komm!"

Er entfernt sich vom See. Rita folgt ihm.

Sie erreichen die Ruine der Pension und das Gewächshaus. Die gläsernen Zylinder darin sind leer.

„Ich habe sie in einem Haus im Wald untergebracht", sagt Sapiin.

„Geht es ihnen gut?"

„Ja, aber sie schlafen noch."

Schweigend gehen sie weiter. Rita versucht sich zu erinnern, wie der Wald vorher ausgesehen hat. Grün statt rot. Bewohnt von vielfältigem Leben. Tieren und Insekten, so unterschiedlich in den verschiedenen Teilen der früheren Welt. Aber auch das sind verblassende Bilder, als würde sie an etwas denken, das sie vor langer Zeit mal in einem Buch gesehen hat.

Das Haus von Yukons Eltern wirkt auf Rita wie ein lange verlassener Ort. Hinter den Scheiben ist es dunkel, kein Geräusch dringt von drinnen heraus.

„Geh hinein", sagt Sapiin. „Ich warte hier."

Unschlüssig bleibt Rita stehen. „Wie oft hast du schon versucht, die Bewohner einer zerstörten Welt zu retten?"

„Es ist ein ewiger Kreislauf aus Zerstörung und Erhaltung." Er lächelt. „Ich zähle grundsätzlich nicht."

„Was passiert hiernach? Du reist zur nächsten Welt, die von den Eindringlingen angegriffen wird?"

„Ich kehre zurück in meine Heimat, bis mir die nächste Aufgabe zugeteilt wird."

„Kann ich dorthin mitkommen?"

„Ich sage es dir, wenn du wieder rauskommst."

Rita geht durchs Haus. Karen liegt mit geschlossenen Augen ruhig atmend auf der Couch im Wohnzimmer. Daneben auf einer Tagesdecke ist Corvin. Das junge Paar aus der Pension hat Sapiin in der Küche untergebracht, auch sie liegen auf Decken. Madeleine und die Frau aus der Tankstelle findet sie in dem Schlafzimmer auf der ersten Etage.

Dann geht sie zu Yukons früherem Zimmer und öffnet die Tür. Marc liegt auf dem Bett, auch er schläft noch. Sie setzt sich zu ihm und berührt seine Hand. Versucht etwas zu empfinden. Wie es war, wenn er sie umarmt hat. Sie seinen Atem und seine Haut gespürt hat. Für einen Moment bekommt sie Gänsehaut. Aber es sind nur die Erinnerungen an ein Gefühl, das sie nicht mehr haben kann.

Könnte er es noch?, fragt sie sich. Und wenn ja, wie lange? Die unumkehrbare Wahrheit lässt ihre Hand zittern, den ganzen Körper. Sie nimmt das Taschenmesser aus der Hosentasche, fährt eine Klinge aus und hält sie an Marcs Kehle. Regungslos bleibt sie sitzen und denkt an den Traum, als er Teil eines Baums geworden war. Welche Schrecken erwarten die neu erschaffenen Menschen? Oder finden sie ihren Frieden, wie sie in dem See? Nach einer Weile lässt sie die Hand sinken und das Messer auf den Boden fallen.

„Ihr seid nicht alleine", sagt sie zu Marc und steht auf. „Vielleicht wird es für euch anders." Sie gibt ihm einen Kuss auf die Stirn und geht zur Tür.

„Wo bin ich?", hört sie seine Stimme hinter sich.

Für einige Sekunden bleibt sie regungslos stehen. „Woran erinnerst du dich?", fragt sie.

„Ich ..." Er hustet mehrmals. „Ich war in einem Wald, auf einer Lichtung. Etwas erschien am Himmel." Erneut hustet er. „Jemand war bei mir."

„Hab Geduld, du wirst dich erinnern."

„Wer sind Sie?"

„Niemand", antwortet sie und verlässt den Raum.

An die Wand gelehnt sitzt sie vor dem Haus.

„Hast du dich entschieden?", fragt Sapiin, als er zu ihr kommt.

„Ich werde diese Welt verlassen, auf welche Weise auch immer."

Er betrachtet sie. „Ich habe getan, was ich konnte. Genau wie du. Bist du bereit?"

„Ja,"

Seine kindliche Erscheinung beginnt zu schweben und verändert sich zu der leuchtenden Kugel. Langsam kommt sie auf Ritas Kopf zu, immer näher, bis sie ihn umgibt.

Nachdem ihr kurz schwindelig wurde, fühlt sie sich schwerelos und versucht etwas zu erkennen. Langsam kommt die Umgebung hervor, als würde sich ein Nebel lichten, nur dass sie alles wie durch einen blauen Filter sieht. Für einen Moment strömen die Emotionen auf sie ein, die sie immer mehr verloren hat. Die Freude, die sie oft genug in ihrem Leben empfunden hat. Genauso ihre Ängste, die Wut und Trauer. Dann hört es auf und ihre Gedanken werden so klar, wie sie es bisher nicht kannte. Nichts stört sie mehr oder lenkt sie ab.

Sapiin schwebt nach oben und Rita mit ihm. Sie sieht ihren Körper leblos zur Seite sinken. Weit über der Erde breitet Sapiin sich aus, wird zu einer Formation aus Wolken. Erst jetzt bemerkt sie, dass sie nicht das einzige Bewusstsein in seiner Nähe ist. Aber die anderen sind so fremdartig, dass sie nur ihre Existenz wahrnehmen kann. Vielleicht schafft sie es irgendwann, mit ihnen zu kommunizieren. Blitze zucken auf die Erde, dann wird es still und die Welt um sie herum schwarz.

Noch nie hat Rita eine solche Finsternis erlebt. Bis andere Wolkenformationen in allen erdenklichen Farben um sie herum erscheinen. Wie weit sind sie weg? Einige Kilometer? Lichtjahre? Existiert Entfernung hier überhaupt? Und Zeit? Ist nach einem Augenblick hier auf der Erde eine Million Jahre vergangen?

„Wo sind wir?", fragt sie.

„Es ist kein Ort, wie du ihn kennst", antwortet Sapiin. „Kein Teil deiner früheren

Realität. Ich nenne die anderen dir gegenüber mein Volk, um deine Sprache zu verwenden. Wir stabilisieren, gleichen die Zerstörung aus."

„Woher kommt die Zerstörung?"

„Du würdest es wahrscheinlich die Hölle nennen."

„Was würde passieren, ohne dich und dein Volk?"

„Alles würde in sich zusammenfallen. Das Universum. Raum und Zeit. Bis es wieder neu entsteht."

Einzelne Wolkenformationen von Sapiins Volk verschwinden und tauchen wieder auf. Manchmal spürt Rita ein fremdartiges Bewusstsein in ihrer Nähe, als würde es sie neugierig betrachten. Von wie vielen Welten hat Sapiin sie mitgebracht?

Sie will ihn fragen, da verändert sich die Umgebung, als hätte sie jemand von einem Moment auf den anderen ausgetauscht. Unter ihnen schimmert eine Eiswüste. Die weiße Fläche ist übersät von roten Flecken. Pusteblumen bedecken sie und schweben durch die Luft.

Langsam nähern sie sich dem Boden. Sapiin spricht Worte in einer Sprache, die Rita nicht versteht. Kleine Teilchen strömen aus allen Richtungen herbei und formen ein Gewächshaus. Es ist größer als das auf der Erde, genauso die durchsichtigen Zylinder darin. Am Horizont ragen Gebilde in den Himmel, deren Form Rita an Eiszapfen erinnern.

„Was hat hier gelebt?", fragt Rita.

„Ich weiß es nicht", antwortet Sapiin. „Finden wir es heraus."